Arena-Taschenbuch
Band 1405

Helmut Glatz

Die gestohlene Zahnlücke

Mit Illustrationen
von Siegfried Wagner

Arena

CIP-Kurztitelaufnahme der Deutschen Bibliothek

Glatz, Helmut:
Die gestohlene Zahnlücke / Helmut Glatz. –
1. Aufl. – Würzburg: Arena-Verlag, 1982.
(Arena-Taschenbuch; Bd. 1405)
ISBN 3-401-01405-6
NE: GT

1. Auflage als Arena-Taschenbuch 1982
Lizenzausgabe des K. Thienemanns Verlag, Stuttgart

Umschlaggestaltung: Jutta Bauer
Illustrationen: Siegfried Wagner
Lektorat: Rita Harenski
Gesamtherstellung: Richterdruck Würzburg
ISSN 0518-4002
ISBN 3-401-01405-6

IM ERSTEN KAPITEL

begegnet uns eine kleine, weiße Wolke, die mit unserer Geschichte eigentlich gar nichts zu tun hat. Dann wird die Frage beantwortet, was der Prater ist, und anschließend findet in Wort und Bild die Vorstellung verschiedener Gespenster statt

In Österreich gibt es eine Stadt, die heißt Wien. Sie ist sehr groß, so groß, daß sie die größte Stadt der Welt wäre, wenn es nicht zufällig einige andere gäbe, die noch etwas größer sind.

Viele, viele Kamine, Türme und Kuppeln ragen aus dem Häusermeer empor. Sicher sind es hundert oder tausend, oder noch mehr. Um die Türme kreisen Scharen von schreienden Dohlen und gurrenden Tauben. Manchmal verirrt sich auch eine kleine, neugierige Wolke zwischen den roten Dächern und den weißen Häusergiebeln. Dann sieht sie erstaunt in die Straßen hinein, in denen glitzernde Autos fahren, Straßenbahnen auf den Schienen dahinrumpeln und viele schwarze, rote, gelbe, blaue oder auch karierte Punkte herumlaufen. Das sind die Leute, die in Wien wohnen: Männer, Frauen und Kinder. Sie schauen von oben alle so winzig aus wie Punkte, die Männer und Frauen etwas größer, die Kinder ein wenig kleiner. Manchmal ist auch ein dicker, bunter Klecks dazwischen. Das ist dann eine alte Dame, die ihren Sonnenschirm aufgespannt hat.

Alle diese Dinge sieht die kleine Wolke, die über der großen Stadt dahinschwebt. Sie zieht langsam die Straßenzüge entlang, muß über einem sonnenhellen Platz etwas steigen, klettert über einige hohe Giebel, umrundet einen besonders mächtigen Kirchturm mit vielen steinernen Spitzen – und schließlich entdeckt sie einen Park, durch den unzählige winzige Punkte laufen. Was ist denn das? denkt die Wolke, wenn sie sich nicht auskennt. Ist sie aber schon einmal über Wien gesegelt, so sagt sie nur: »Aha, der Prater!«

Der Prater ist das Paradies aller Wiener Kinder. In diesem ausgedehnten, prächtigen Park stehen viele lustige Hütten und Buden, und in jeder Bude ist etwas los. Hier kann man mit Ponys im Kreis herumreiten. Dort darf man auf bunte Papierblumen schießen. Und anderswo gibt es rasante Autos, nur für Kinder! Und eine kleine Eisenbahn – für Erwachsene streng verboten! Und Karussells. Und Schiffsschaukeln. Und Riesenräder. Und an jeder Ecke einen Mann, der Vanilleeis verkauft. Auch eine Achterbahn ist da.

Und eine Geisterbahn. Sie ist natürlich am interessantesten. Denn in ihr hausen – wie könnte es anders sein – ein paar Gespenster: der Eisgraue, Schabernack, Pollux, die Ururoma, die Echo-Eule und das kleine Munkelchen. Ganz seltsam und unheimlich sehen sie aus. Dabei sind sie für gewöhnliche Leute völlig ungefährlich. Bösewichte aber sollten sich vor ihnen in acht nehmen, denn sie können kratzen, beißen, boxen, zwicken und natürlich auch geistern.

Weil Gespenster sehr selten sind, und man sie nicht an jeder Straßenecke besichtigen kann, werden sie nun auf einigen Bildern vorgestellt.

Das ist die Geisterbahn. Hier wohnen die Gespenster. Vor dem Gebäude steht das Kassenhäuschen. In ihm sitzt meistens Direktor Kalendertag und verkauft die Eintrittskarten. Herr Kalendertag ist der Besitzer der Geisterbahn.

Ihm gehören auch die Gespenster. Nebenbei ist er noch Kassier. Und waschen und kochen muß er auch selber. Er ist – mit einem Wort – Mädchen für alles.

Das ist der Eisgraue. Er ist so groß wie ein kleiner Riese und das Oberhaupt der Gespenster. Außerdem kann er den Kopf abnehmen. Das ist sehr praktisch, wenn man sich die Haare kämmen will.

Das ist die Echo-Eule. Sie funkelt mit den Augen und ist meistens müde. Trotzdem kann sie alles sehen. Sie schläft nämlich immer nur mit einem Auge. Und wenn das eine Auge ausgeschlafen hat, kommt das andere dran.

Das ist Pollux. Er verzehrt am liebsten Speiseeis mit Schlagsahne und fängt Mäuse. Obwohl er wie ein grauer Pudel aussieht, ist er doch ein ganz richtiges Gespenst. Das merkt man daran, daß er auf Bäume klettern kann.

Das ist Schabernack. Dieses Gespenst kann sich so dünn machen wie ein Handtuch und so lang werden wie ein Ziehtau. Durch ein Schlüsselloch zu kriechen, ist für Schabernack eine Kleinigkeit, vorausgesetzt, daß der Schlüssel nicht steckt.

Das ist die Ururoma. Sie ist das älteste der Gespenster und bereits sechshundertzweiundachtzigeinhalb Jahre alt. Manchmal klappert sie mit den Knochen. Das nennt sie dann Morgen- oder Abendgymnastik. Je nachdem, welche Tageszeit gerade ist.

Das ist Munkelchen. Munkelchen ist das kleinste Gespenst. Es hat eine Zahnlücke, mit der es ganz geisterhaft pfeifen kann. Leider wird ihm die Zahnlücke gestohlen. Und das ist der Grund, weshalb so viele aufregende Dinge geschehen.

Und jetzt fängt die Geschichte richtig an.

IM ZWEITEN KAPITEL

bietet sich die einmalige, schaurige Gelegenheit, einer Geisterversammlung beizuwohnen. Die Ururoma meldet sich vergebens zu Wort, und schließlich macht man die erschreckende Entdekkung, daß Munkelchen verschwunden ist

»Es ist ein Jammer«, seufzte der Eisgraue vor sich hin und schüttelte so nachdrücklich sein Haupt, daß der lange, weiße Vollbart hin und her wehte.
»Es ist traurig«, knurrte Pollux, der wie ein Hund auf dem Boden saß. Er legte den Kopf zwischen die graubehaarten Vorderpranken und schielte mit rotglühenden Augen nach oben.
»Es ist zum Aus-der-Haut-Fahren«, sagte Schabernack und kicherte.
Der Eisgraue sah ihn mißbilligend an.
»Was gibt es da zu kichern? Du machst dich wohl lustig über uns, was? Fahre doch aus der Haut, wenn du es unbedingt willst!«
»Hihihi«, kicherte Schabernack noch unverschämter als vorher. »Erstens sollte ein Gespenst wie du, Eisgrauer, über bessere Nerven verfügen, zweitens kichere ich, wenn es mir Spaß macht, drittens fahre ich nach Feierabend grundsätzlich nicht mehr aus der Haut, und viertens . . .« Schabernack stockte, machte einen langen Hals und pendelte mit dem Kopf hin und her wie eine aufgeregte Brillenschlange.
»Und viertens? Und viertens?« wiederholte die Echo-

Eule, die auf der Schulter des Eisgrauen saß. Sie hatte ihre Federn aufgeplustert; das wärmte. Ein Auge hielt sie bereits geschlossen, während sie mit dem anderen müde blinzelte.
»Der vierte Punkt ist mir im Augenblick entfallen«, meinte Schabernack verlegen. »Überhaupt ist jetzt Feierabend, und da halte ich keine Volksreden mehr. Das ist zu anstrengend. Ich bin ein einfaches Schloßgespenst, und wenn . . .«
»Jaja, die Geschichte kennen wir bereits«, unterbrach der Eisgraue.
»Kalter Kaffee! Kalter Kaffee!« krähte die Eule von seiner Schulter herunter. Schabernack schwieg beleidigt. Und auch der Eisgraue sagte nichts mehr. Wie hätte er jetzt auch sprechen können! Er hatte gerade den Kopf abgenommen, zwischen die Knie geklemmt und begonnen, sich sorgfältig die Haare zu kämmen. Er hielt sehr auf ein gepflegtes Äußeres.
Schabernack war ein lustiger Geselle. Er bestand nur aus Weiß: vorne, hinten, oben und unten. Manchmal stülpte er sich einfach um. Wie man einen Handschuh umstülpt oder einen Strumpf, den man zum Trocknen aufhängen will. Dann konnte man sehen, daß er auch innen weiß war. Denn er besaß überhaupt keine Knochen. Von Knorpeln oder Gräten, wie sie die Fische haben, ganz zu schweigen.
Nun wurde auch Pollux, der graue Hund, Verzeihung, das graue Gespenst, das zwischen den Beinen des Alten lag, lebendig.
»Man hat dem kleinen Munkelchen die Zahnlücke gestohlen«, rief er. Sein Rufen war mehr ein Knurren. Und das Knurren klang ziemlich böse.
Die Gespenster nickten traurig mit den Köpfen.

»Die Zahnlücke, mit der Munkelchen immer pfiff, wenn sich die Türen der Geisterbahn öffneten und schlossen«, bestätigte Schabernack. »Ich frage euch: Wer soll nun pfeifen?«
»Übrigens«, meldete sich auf einmal die Ururoma in der Ecke zu Wort. Aber die anderen achteten nicht auf sie.
»Was ist eine Geisterbahn ohne pfeifende Türen?« rief Pollux.
»Ein i ohne Punkt!« sagte der Eisgraue.
»Ein Buch ohne Blätter«, krächzte die Echo-Eule.
»Ein Schaber ohne nack«, piepste Schabernack.
»Ein Speiseeis ohne Sahne«, vollendete Pollux. Alle wußten, daß er Speiseeis mit Sahne am liebsten aß.
»Übrigens«, murmelte die Ururoma wieder. Keiner hörte sie, denn der Eisgraue hatte das Wort ergriffen.
»Wer kann denn nur die Frechheit besitzen, eine Zahnlücke so einfach – mir nichts, dir nichts – zu stehlen?«
Pollux sah die anderen mit großen Augen an. »Oh, ich habe es genau beobachtet«, meinte er. »Das kleine Gespenst legte die Zahnlücke für eine Weile auf einen Stuhl. Schließlich muß man ja nicht ständig mit einer Zahnlücke herumlaufen, nicht wahr? Und als Munkelchen nach einiger Zeit den Gegenstand holen wollte . . .«
»War er nicht mehr da«, stellte der Eisgraue grimmig fest. »Und wer hat ihn genommen?«
»Und wer hat ihn genommen?« schnarrte die Echo-Eule.
»Übrigens«, sagte die Ururoma. Aber Schabernack unterbrach sie.
»Sei mal ruhig, Oma!« rief er. »Ich weiß was!«
»So? Dann raus mit der Sprache«, befahl der Eisgraue.

»Wie wär's, wenn wir Munkelchen selber fragen?«
»Ja, das ist ein Gedanke. Wo ist denn Munkelchen?« Der Eisgraue sah sich um.
Ja, wo war Munkelchen?
Munkelchen, das kleine Gespenst, war weg, einfach weg.
Die anderen Gespenster konnten es anfangs gar nicht glauben. Zuerst schauten sie nur in der Stube herum. Dann wurden sie ängstlich und riefen: »Munkelchen! Munkelchen!!«
Schließlich mußte Pollux mit seiner feinen Nase schnüffeln.
Aber auch er fand nichts.
Munkelchen blieb verschwunden.

IM DRITTEN KAPITEL

hat die Ururoma einige nützliche Gedanken, man hört etwas von zwei grauen Hüten, und dann fassen die Gespenster den kühnen Entschluß, die gestohlene Zahnlücke zu suchen

Als die Gespenster nach langem Herumstöbern wieder in der Mitte der Stube zusammenkamen, waren alle sehr niedergeschlagen. »Ich verstehe das nicht«, murmelte der Eisgraue, und seine Barthaare zitterten vor Aufregung. »Am Nachmittag war Munkelchen doch noch hier!« – »Und jetzt ist es weg!« Die Echo-Eule wackelte erstaunt mit dem Kopf. Pollux hatte sogar eine Träne im rechten Auge. »Ich frage euch«, knurrte er, »ich frage euch, wo ist Munkelchen hingekommen?«

Die Gespenster wurden still und brüteten vor sich hin.

»Übrigens«, sagte die Ururoma.

Aber da kam sie beim Eisgrauen schlecht an. »Sei ruhig und stör uns nicht«, rief er. »Merkst du denn nicht, daß wir nachdenken?«

Dann überlegten alle noch ein Weilchen.

Wenn Nachdenken mit Geräusch verbunden wäre, hätte es wohl ziemlich laut geknistert.

So aber hörte man nur die Knochen der Ururoma ein wenig klappern, weil sie im Lehnstuhl hin und her rutschte.

»Darf ich auch etwas sagen?« meldete sie sich schließlich abermals.

»Bitte!« meinte diesmal der Eisgraue gnädig. Alle waren froh, daß sie mit dem Grübeln aufhören durften.
»Munkelchen ist weggerannt«, verkündete sie. »Es will nämlich seine Zahnlücke suchen.«
»Waas?« rief Pollux und sprang mit allen vier Beinen gleichzeitig in die Höhe.
»Weggerannt, weggerannt«, krähte die Echo-Eule und flatterte aufgeregt hin und her.
»Und das sagst du uns erst jetzt?« empörte sich der Eisgraue.
»Ihr laßt mich ja nicht zu Wort kommen!« verteidigte sich die Ururoma vorwurfsvoll.
»Ach was, nicht zu Wort kommen!« Das Gesicht des Alten war vor Wut so gelb geworden wie eine Zitrone. Er schüttelte den Kopf, daß seine Nasenspitze hin und her schaukelte. »Das hättest du uns eher melden können!«
»Da habe ich nicht drangedacht!« brummelte sie beleidigt. »Übrigens bin ich eine alte Frau, die etwas Schonung und Rücksicht verlangen dürfte. Vor allem kann ich erwarten, daß man meinen Worten mehr Gehör schenkt und mir nicht immer über den Mund fährt, wenn ich etwas sagen will.«
»Jaja, schon gut«, meinte der Eisgraue beschwichtigend.
Der Schreck über Munkelchens Verschwinden war ihm ordentlich in die Glieder gefahren.
Sein Kopf wurde tatsächlich immer bleicher und nahm langsam die Farbe eines Bettlakens an.
»Was machen wir jetzt?« fragte Pollux ratlos.
»Was machen wir jetzt?« wiederholte die Echo-Eule, die auf der Schulter des Eisgrauen saß.
»Ja, was machen wir jetzt?« grunzte Schabernack, zog

ein nachdenkliches Gesicht und verkroch sich ein wenig in sich selbst.
»Uns bleibt nichts anderes übrig, wir müssen Munkelchen suchen«, meinte der Eisgraue. »Stellt euch vor, was dem kleinen Gespenst in der großen Stadt draußen alles zustoßen kann! Es kann sich verirren. Es kann in die Hände von bösen Leuten geraten. Es kann überfahren werden . . .«
»Nicht auszudenken!« Alle schüttelten entsetzt die Köpfe.
»Aber wo finden wir Munkelchen?« fragte Schabernack.
»Ja, wo finden wir Munkelchen?« krähte die Echo-Eule.
Die Gespenster schauten sich ratlos an.
Da begannen die Knochen der Ururoma wieder zu klappern.
»Darf ich ganz bescheiden etwas dazu sagen?« tönte ihre Stimme aus der Ecke hervor.
»Wir sind ganz Ohr«, meinte der Eisgraue.
»Ich bin zwar nur eine alte Frau, die nicht immer das rechte Gehör findet«, sagte die Ururoma und sah die Gespenster mit einem so strengen Blick an, daß selbst der Eisgraue verlegen zu Boden schaute, »aber manchmal habe ich ganz nützliche Einfälle. Und die Gedanken, die mir jetzt gerade gekommen sind, halte ich sogar für so nützlich, daß ich direkt stolz auf mich bin!«
Die Ururoma setzte sich im Sessel zurecht und räusperte sich ausgiebig. Dann erklärte sie: »Erstens ist zu überlegen, warum Munkelchen weggerannt ist.«
»Weil es die Zahnlücke wiederfinden will«, antwortete der Eisgraue.
»Gut! Und wo kann es die Zahnlücke finden?«

»Natürlich bei den Dieben.«
»Sehr gut! Wen müßt ihr also zuerst suchen, wenn ihr auszieht, um nach Munkelchen zu forschen?«
»Die Diebe«, stellte der Eisgraue fest.
»Tatsächlich! Die Diebe!« bekräftigte die Echo-Eule.
»Ausgezeichnet«, meinte die Ururoma. »Das war es, was ich sagen wollte.« Und dann hüllte sie sich wieder in Schweigen.
»Aber«, meldete sich der Eisgraue nach einer Weile, »wenn ich mir noch eine Frage gestatten darf . . .«
»Bitte«, sagte die Ururoma gnädig.
»Wo finden wir denn die Diebe?«
»Ach so! Deutete ich das nicht bereits an? Nein? Ich bin doch schon alt und vergeßlich. Ich stand zufällig in der Nähe, als die Zahnlücke gestohlen wurde. Nun sehe ich zwar nicht mehr allzu gut. Aber einen Tip kann ich euch doch geben.«
»Und der wäre?« – Schabernack merkte gar nicht, daß er in der Nase bohrte, so aufgeregt war er.
»Wie gesagt, ich bin sehr kurzsichtig. Aber mir schien es doch so, als ob ich zwei graue Hüte gesehen hätte . . .«
»Zwei graue Hüte? Zwei graue Hüte?« fragte die Echo-Eule erstaunt.
»Seit wann klauen Hüte Zahnlücken?«
»Schafskopf«, fuhr sie der Eisgraue an. »Die Hüte saßen natürlich auf Köpfen! Und die Köpfe auf, na ja, das ist doch klar. Wir müssen also zwei Menschen mit grauen Hüten finden!«
»Und wann ziehen wir los?« fragte Pollux. Er konnte es gar nicht mehr erwarten. Seine roten Augen funkelten unternehmungslustig.
»Am besten sofort«, bestimmte der Eisgraue. »Je fri-

scher die Spuren sind, desto deutlicher riechst du sie!«
»Wenn welche da sind, hihi«, kicherte Schabernack.
»Wo Menschen sind, sind Spuren«, sagte Pollux. Und dagegen war weiter nichts einzuwenden.
Schabernack machte sich lang und dünn und kroch als erster durch die Türe. »Die Luft ist rein«, rief er. Da folgten die anderen nach, bis auf die Ururoma, denn die war alt und sah schlecht. Wenn jemand in dieser Nacht im Prater, Ecke Geisterbahn, gestanden hätte, wäre er wahrscheinlich gehörig erschrocken über das Schauspiel, das nun folgte.
Da jagte zuerst ein grauer Schatten mit lautem Schnüffeln kreuz und quer durch das Gras. Seine Augen glühten wie feurige Kohlen. Dann schwebte geräuschlos mit breiten Schwingen ein Vogel durch die Luft. Ihm folgte ein weißes Etwas, das wie eine kleine, verirrte Sommerwolke aussah. Und am Schluß stapfte mit schwerem Schritt ein bärtiger Riese.
Eben hörte man das weiße Etwas flüstern: »Hör mal, Eisgrauer, sollen wir unser Verschwinden nicht dem Herrn Kalendertag melden?«
Darauf antwortete eine tiefe Stimme: »Glaubst du, Schabernack, daß er uns so einfach fortziehen ließe?«
Und dann waren die vier Wesen zwischen den Bäumen verschwunden.

IM VIERTEN KAPITEL

schleichen vier Gespenster durch die Finsternis. Schabernack stellt erschrocken fest, daß er nur noch halb ist

Die vier Gespenster hatten die Geisterbahn verlassen, um die Zahnlückendiebe zu suchen. Und nun standen sie da, in stockfinsterer Nacht, in unbekannten Straßen, in einer fremden Stadt.

Ein beinahe hoffnungsloser Fall, würde jeder erfahrene Detektiv sagen. Aber: Wozu besaß Pollux eine empfindliche Nase? Weshalb durchdrangen die scharfen Augen der Echo-Eule selbst die tiefste Dunkelheit? Warum war es Schabernack möglich, sich so dünn zu machen, daß er durch jedes Schlüsselloch kriechen konnte? Und wozu hatte der Eisgraue bärenstarke Kräfte?

»Wenn es uns vieren nicht gelingt, Munkelchen wiederzufinden«, sagte das Obergespenst überzeugt, »gelingt es niemandem!«

Er wollte noch etwas dazu bemerken, aber da machte es einen lauten Bums. Sein Kopf war gegen einen Baum geprallt. »Himmeldonnerwetter!« stöhnte der Eisgraue und griff sich an die Stirn.

»Hihi«, kicherte Schabernack schadenfroh. »Das könnte mir nicht passieren. Ich bin nämlich elastisch!«

Der Eisgraue ärgerte sich. »Was? Elastisch?« fragte er wütend. »Du bist formlos. Wie ein Kaugummi. Überhaupt bist du der Schandfleck aller Gespenster!«

Das aber wollte Schabernack nicht hören. »Oho!« rief er empört. »Das ist eine Beleidigung! Ich verlange Genugtuung!«
»Streitet euch nicht!« lenkte die Echo-Eule ein. »Haut euch nicht, rauft euch nicht, kratzt euch lieber die Augen aus! Augen aus!«
Die beiden Gespenster hätten sicher noch weiterge-

stritten, wenn Schabernack nicht eine fürchterliche Entdeckung gemacht hätte. »O weh! O weh! O jemine!« heulte er so laut und markerschütternd, daß selbst den Bäumen rundum eine Gänsehaut über die Rinde lief.
»Was ist denn los?« fragte der Eisgraue erschrocken.
»Ich bin nur noch halb! Mir fehlt ein Teil!« wimmerte Schabernack und krümmte sich wie ein Regenwurm.
Der Eisgraue verstand nicht ganz. »Was fehlt?« erkundigte er sich und schüttelte den Kopf, daß sein Bart hin und her wehte.
»Ein Stück von mir fehlt«, jammerte das weiße Gespenst. »Es muß sich an einer Baumwurzel oder einem Ast festgehakt und losgerissen haben. O weh, o weh, ich bin nur noch halb! Ich bin nicht mehr der Schabernack, ich bin nur noch der Schaber, oder der Nack, oder noch weniger. Vielleicht nur noch der Ck!«
Das Gespenst war ganz verzweifelt. Eine dicke Träne kullerte ihm über die Backe und fiel mit einem lauten Platsch auf den Erdboden.
Die Echo-Eule erblickte die Träne und wurde vom Jammer angesteckt.
»Er ist nur noch halb! Er ist nur noch halb!« heulte sie. Dann begannen auch ihre Tränen so zu fließen, daß sie nichts mehr erkennen konnte.
Nur der Eisgraue blieb ruhig.
»Ihr flennt wie zwei alte Waschweiber!« schimpfte er. »Lauft lieber zurück und sucht das verlorene Schabernack-Stück! Schließlich kannst du, Echo-Eule, im Finstern sehen!«
»Ich sehe nichts, ich heule!« schluchzte das geflügelte Gespenst. Es war ihm wirklich nicht möglich, etwas zu erkennen, weil es den Kopf zwischen die Flügel gesteckt hatte.

»Außerdem hat Pollux eine sehr feine Nase und kann unsere Spuren zurückverfolgen!« stellte der Eisgraue fest. »Also, Pollux, mach dich an die Arbeit!«
Schnüffelnd lief Pollux in den Wald.
Bald darauf kam er freudestrahlend wieder angetrabt. In seiner Schnauze schimmerte etwas Weißes. Kein Zweifel, er hatte den restlichen Schabernack gefunden.
»Juchheißa!« rief Schabernack vergnügt. Und im nächsten Augenblick hatte er sich das fehlende Stück einverleibt. »Jetzt bin ich wieder vollständig. Kein Gramm zu wenig und kein Gramm zu viel. Ich bin wahrhaftig ein ganzer Kerl, hihi!«
»Er ist wieder der ganze Kerl, ganze Kerl«, krächzte auch die Echo-Eule, wischte sich die Tränen mit den Flügelspitzen ab und flog dem Eisgrauen auf die Schulter.
Der Alte aber teilte die Freude der anderen nicht.
»Nun hört einmal her!« rief er. Und als Schabernack sein lustiges Kichern beendet hatte, fuhr er fort:
»So kann es nicht weitergehen! Das müßt ihr doch selbst einsehen! Wir irren durch die Gegend wie ein wild gewordener Wespenschwarm. Auf diese Weise finden wir die Zahnlückendiebe nie!«
»Nie!« knurrte Pollux. »Was uns fehlt, ist ein Schlachtplan!«
Die Echo-Eule schlug mit den Flügeln: »Ein Schlachtplan her! Ein Schlachtplan her!« krächzte sie.
»Wo kriegen wir jetzt in der Nacht einen Schlachtplan?« fragte Schabernack. »Die Geschäfte sind ja alle zu.«
»Den gibt es nicht zu kaufen!« rief der Eisgraue. »Den gibt es in unseren Köpfen.« Er schlug sich mit dem Finger gegen die Stirn. »Aber ihr braucht euren Verstand

nicht mehr anzustrengen, denn ich habe mir bereits einige Gedanken zurechtgelegt.«
Und dann erklärte der Eisgraue, daß sich die Diebe nur dort befinden, wo Leute sind. Und Leute sind dort, wo Licht ist. Und wo es am meisten Licht gibt, müssen auch die meisten Menschen sein.
»Es ist also Unsinn, wenn wir im Finstern herumirren. Wir müssen solche Plätze aufsuchen, die am hellsten sind!«
Das leuchtete allen ein. Und deshalb zogen die Gespenster los, um nach Licht zu forschen.

IM FÜNFTEN KAPITEL

macht sich die Echo-Eule auch einmal nützlich. Ein langes Seil beginnt sich zu bewegen, und ein geheimnisvoller Zirkusdiener entpuppt sich

Jetzt stellte sich heraus, daß auch die Echo-Eule zu etwas nütze war. Sie flog hoch über die Baumwipfel empor und entdeckte tatsächlich am Ende des Pratergeländes ein großes Lichtermeer.

»Wenn dort so viele Menschen sind, wie Licht ist«, berichtete sie den anderen, »dann finden wir nicht nur zwei Zahnlückendiebe, sondern mindestens hundert! Mindestens hundert!«

Pollux lief voraus und erkundete den Weg. Bald sahen auch die übrigen Gespenster bunte Lampen durch die Bäume schimmern. Auf einem großen Platz war ein mächtiges Zirkuszelt aufgebaut.

Man hörte fröhlichen Lärm und lustige Musik. Eine Lautsprecherstimme übertönte alles.

»Meine Damen und Herren«, rief die Stimme, »besuchen Sie die Nachtvorstellung! In wenigen Augenblikken geht es los. Der Zirkus Serafini erwartet Sie! Meine Damen und Herren! Besuchen Sie die Nachtvorstellung . . .«

Aus dem großen Zelt drang Rumoren und Stimmengewirr.

»Hier sind sicher viele Menschen drin«, stellte der Eisgraue fest.

»Vielleicht hundert«, meinte die Echo-Eule. »Oder tau-

send«, knurrte Pollux. »Wenn nicht zehntausend, hihi«, kicherte Schabernack.
»Benehmt euch nicht so kindisch«, wies der Eisgraue die anderen Gespenster zurecht. »Überlegt euch lieber, wie wir in das Zelt hineinkommen!«
Schabernack kicherte noch immer. »Nun, das ist ganz einfach«, feixte er.
»Wie denn, wie denn?« fragte die Echo-Eule.
»Wir kommen in das Zelt, indem wir hineingehen!« lachte Schabernack fröhlich.
Der Eisgraue war mit diesem Vorschlag nicht zufrieden.
»Das ist Blödsinn!« rief er. »Wenn man in einen Zirkus gehen will, muß man Eintrittsgeld bezahlen. Ihr wißt aber alle, daß wir kein Geld besitzen. Folglich läßt man uns auch nicht in das Zelt!«
»Verlangt man von Hunden ebenfalls Eintritt?« erkundigte sich Pollux.
»Nein, wieso?«
»Dann verkleide ich mich als Hund!« stellte Pollux befriedigt fest. Und das war sicher nicht schwierig, denn er sah tatsächlich aus wie ein struppiger, grauer Köter.
»Ich fliege einfach über die Köpfe der Leute hinweg in die Zirkuskuppel, Zirkuskuppel«, krächzte die Echo-Eule.
Schabernack machte sich lang und dünn.
»Wenn ich durch ein Schlüsselloch kriechen kann, komme ich auch unbemerkt in ein Zirkuszelt. Das wäre doch gelacht, hihi!« Das weiße Gespenst ließ seinen runden Kopf wie einen Gummiball auf dem Hals herumhüpfen.
»Und was mache ich? Soll ich etwa draußen bleiben

und mir die Beine in den Leib stehen?« fragte der Eisgraue.
»Das ist deine Sache«, meinte Schabernack boshaft. »Warum bist du so groß und dick, daß du überall unangenehm auffällst!«
»Was soll das heißen?« fuhr der Eisgraue auf. »Wenn jemand von uns unangenehm auffällt, dann . . .«
In diesem Augenblick wurde er von der schnarrenden Stimme aus dem Lautsprecher unterbrochen.
»Nehmen Sie Platz, meine Damen und Herren. Die Nachtvorstellung beginnt in wenigen Sekunden!«
»Also vorwärts, Kameraden!« rief Schabernack. »Auf zur Diebesjagd!«
Und während der Eisgraue enttäuscht und ein bißchen traurig draußen stehen blieb, machten sich die anderen Gespenster auf den Weg. In wenigen Sätzen hatte Pollux den Eingang des Zeltes erreicht, schlüpfte dem Mann, der die Karten abriß, durch die Beine, schlich um einen Zeltpfosten und war im nächsten Augenblick zwischen den Sitzreihen verschwunden.
Die Echo-Eule erhob sich flügelschlagend. Keiner der vielen Zuschauer bemerkte das Gespenst, das lautlos in die Zirkuskuppel schwebte und sich auf einem Drahtseil im Schatten des großen Mastes niederließ.
»Was soll denn die weiße Schnur vor dem Zelteingang?« dachte der Mann an der Kasse, als er für eine Sekunde von seinem Kartenblock aufschaute. Dann wurde sein Blick starr. Das Seil bewegte sich plötzlich wie eine Raupe und kroch in den Zuschauerraum hinein.
»Ich werde verrückt!« murmelte der Mann.
Er wußte nicht, ob er träumte oder wachte. Und sicher hätte er sich noch länger mit diesem seltsamen Ereignis

beschäftigt, wenn nicht einige Nachzügler angekommen wären. Und als er die Eintrittskarten verkauft hatte, war das Seil verschwunden.
Auch Schabernack hatte den Zuschauerraum erreicht. Er ließ sich auf einem der letzten Plätze nieder und machte sich so klein wie möglich, um kein Aufsehen zu erregen. Sein Weiß leuchtete nur noch ganz wenig in der Dunkelheit. Bald darauf hörte das Gespenst ein lautes Schnüffeln neben sich. Es war Pollux. Er hopste auf die Bank und drehte sich ein paarmal um sich selber, um die beste Sitzmöglichkeit auszukundschaften.
»Mach keinen solchen Krach!« flüsterte Schabernack. »Vielleicht ist der Zirkus für Hunde verboten!«
»Ich bin kein Hund!« knurrte Pollux beleidigt.
»Aber du bist doch als Hund verkleidet!«
Da war Pollux still, spitzte die Ohren und paßte auf, was unten in der Manege geschah. Zuerst hielt der Direktor, Herr Serafini senior, eine Ansprache. Er trug einen langen, dunkelroten Frack und schnalzte ab und zu mit einer Peitsche. Dann spielte die Kapelle ein Potpourri.
»Was ist denn das, ein Potpourri?« erkundigte sich Pollux.
»Ein Musikstück, das hörst du ja!« gab Schabernack ungnädig zurück. Plötzlich zog er den Kopf ein und machte sich ganz platt.
Pollux war erstaunt. »Spielst du jetzt Pfannkuchen?« fragte er. »Oder Nudelteig?«
Schabernack hatte ausnahmsweise keine Lust zum Spaßen. »Siehst du denn nicht, daß man uns entdeckt hat?« flüsterte er.
Ein Diener näherte sich ihrem Platz. Er trug einen prächtigen, grünen Rock mit glänzenden Knöpfen.

»Was sollen wir tun?« fragte Pollux ratlos.
»Igittigitt«, piepste Schabernack und klapperte vor Aufregung mit den Zähnen, »am besten ist es, wenn ich mich ganz in mich selbst verkrieche, dann sieht mich niemand mehr!«
»Und was mache ich? Soll ich den Kerl vielleicht ins Bein beißen? Wenn doch nur der Eisgraue hier wäre, der wüßte sicher einen Rat!« stöhnte Pollux.
Ihr Gespräch wurde durch den Diener unterbrochen.
»Darf ich die Herrschaften um die Eintrittskarten bitten?« fragte er mit heiserer Stimme.
»Igittigitt! Ogottogott!« stotterte Schabernack. »Jetzt habe ich doch tatsächlich mein Billett aus Versehen weggeworfen!«
»So, so!« sagte der Mann streng. »Und der Hund? Sie wissen doch, Hunde sind im Zirkus an die Leine zu nehmen!«
»Ich bin kein Hund!« knurrte Pollux wütend.
»Was denn sonst? Wollen Sie vielleicht behaupten, ein – Gespenst zu sein?« Der Diener lachte. Aber sein Lachen klang nicht sehr freundlich.
»Natürlich! Ich stamme aus der berühmten Geisterbahn . . .«
Pollux schwieg erschrocken. Schabernack hatte ihm einen herzhaften Rippenstoß gegeben. Und da merkte das struppige Gespenst, daß es sich verraten hatte.
»Na ja, ist auch nicht weiter schlimm!« schmunzelte der Diener. Diesmal klang sein Lachen etwas gemütlicher. Er setzte sich neben die beiden Gespenster auf die Bank, nahm den Kopf ab und begann, sich die Haare zu kämmen.
»Aber . . . das muß doch . . . das kann doch nur . . . der Eisgraue sein!« stammelte Schabernack.

Es war der Eisgraue.
Er lachte ganz ungeheuer über seinen Spaß.
»Da habe ich euch schön drangekriegt, was?« meinte er und setzte den Kopf wieder auf.
»Wie bist du nur in das Zelt hereingekommen?« erkundigte sich Pollux.
»Und warum hast du diesen grünen Kittel an?« wollte Schabernack wissen.
Der Alte erklärte: »Das ist ganz einfach. Solche Kittel tragen alle Arbeiter, die zum Zirkus gehören. Und mit dieser Kleidung komme ich natürlich ungeschoren durch sämtliche Sperren, weil man glaubt, daß ich ein Angestellter des Unternehmens bin.«
»Und woher hast du das Kleidungsstück? Hast du es etwa gestohlen?« fragte Schabernack entrüstet.
»Ausgeliehen, ausgeliehen!« beschwichtigte ihn der Eisgraue. »Der Kittel hing draußen vor einem Zirkuswagen auf der Wäscheleine.«
»Du bist ein Pfundskerl!« Pollux klappte anerkennend die Kinnlade nach unten.
»Aber jetzt wollen wir keine Zeit verlieren!« Die Stimme des Eisgrauen klang ganz sachlich. »Wir sind schließlich da, um nach grauen Hüten zu suchen!«
Die drei Gespenster machten lange Hälse und schauten sich fast die Augen aus dem Kopf. Sie entdeckten jedoch niemanden, der eine graue Kopfbedeckung trug. Sie erblickten überhaupt keinen Hut.
»Ein schöner Reinfall!« knurrte Pollux. »Die Leute haben natürlich ihre Hüte abgenommen. Und jetzt können wir schauen, bis uns die Pupillen wehtun!«
»Abwarten! Kommt Zeit, kommt Rat!« tröstete ihn der Eisgraue.
Aber seine Stimme klang nicht gerade zuversichtlich.

IM SECHSTEN KAPITEL

haben wir Gelegenheit, eine Zirkusvorstellung zu erleben. Pollux spielt ein Schlagzeugsolo, und der Eisgraue kann hundert Schilling kassieren

Die Zirkusvorstellung begann. Sie war so aufregend, daß die trüben Gedanken der drei Gespenster im Nu verflogen waren. Ein Clown mit weiten Hosen und roter Nase marschierte im Kreis herum. Die Nase war in Wirklichkeit eine Glühbirne und blinkte in kurzen Abständen auf. Hoppla! Gerade war der lustige Geselle über seine Hosenbeine gestolpert und längelang hingefallen.

»Hihihi«, kicherte Schabernack vergnügt. »Das könnte mir nicht passieren!«

»Warum nicht?« wollte Pollux wissen.

»Weil ich leicht bin wie eine Feder. Ich schwebe nur!«

Jetzt blies der Clown in eine Posaune.

Es kam aber kein Ton aus dem Instrument, sondern ein Wasserstrahl, der die Leute in der Nähe patschnaß machte. Der Spaßmacher war so erschrocken darüber, daß er in Windeseile dem Ausgang zu rannte. Beinahe wäre er mit den beiden Elefanten zusammengestoßen, die im Gleichschritt hereinmarschierten. Das vordere Tier hob den Rüssel und trompetete einige Male ganz laut.

Anschließend mußten die Elefanten Kunststücke vorführen. Sie kletterten kleine Leitern hinauf, stellten sich auf die Hinterfüße und machten Männchen.

Dann setzten sie sich auf eine Wippe und schaukelten auf und ab. Und der Dompteur rannte um die beiden herum und knallte mit der Peitsche.
Danach erschien Herr Serafini senior persönlich.
Er trug einen großen Vogelkäfig. In dem Käfig saß aber kein Vogel, sondern ein Hund.
»Hier, meine Damän und Herrän, sehän Sie Hieronymus, den gescheitästän Hund von där ganzän Wält!« rief er mit schnarrender Stimme und zeigte auf das Tier.
»Hieronymus ist ein großär Künstlär, kann singän und Salto machän. Außerdäm ist er Meistär im Kopfrächnän und hat deshalb dän Ährendoktorhut der berühmtän und ährwürdigen Universität von Konstantipopel erhaltän!«
Der »Ährendoktor der Universität von Konstantipopel« kletterte mit stolz erhobenem Haupt aus dem Käfig und verneigte sich nach allen Seiten. Die Leute klatschten.
Dann sprang er über einige Hindernisse und durch große Reifen. Anschließend sollte er singen. Er bellte aber nur in verschiedenen Tonhöhen. Die Zuschauer konnten hören, daß das Lied »O Tannenbaum« gemeint war.
»Und jetzt, meine Damän und Herrän«, rief der Zirkusdirektor, »wird Ihnän där berühmte Hieronymus seine Rächänkünste vorführän!«
Einige Leute mußten Aufgaben stellen. Der Hund spitzte die Ohren und gab genau acht. Und dann schlug er mit der Pfote auf eine große Trommel. Der Direktor zählte laut mit. Wenn ein Zuschauer fragte: »Wieviel ist zwei und zwei?«, schlug das Tier viermal auf die Trommel.

Wollte jemand wissen, wieviel zehn weg drei ist, wurde siebenmal getrommelt.
Es stimmte immer. Und die Zuschauer klatschten begeistert in die Hände. Stolz verneigte sich Herr Serafini.
»Sie sahän dän gescheitästän Hund von där ganzän Wält«, rief er. »Wär mir einän gescheitärän Hund zeigän kann, bekommt von mir bar auf die Hand finfzig, was sag' ich, hundärt Schilling!«
Im selben Augenblick riß sich der Eisgraue den bunten Zirkusrock vom Körper.
»Los, Pollux«, rief er, »das ist etwas für uns! So billig kommen wir nicht mehr zu Geld!«
»Was? Wie? Für wen?« Pollux stellte vor Schreck die Rückenhaare auf und wurde ganz blaß. Man sah es aber nicht, weil er wie ein Hund aussah.
»Du kannst doch rechnen, oder?« fragte der Alte.
»Ja, aber . . .« Der Eisgraue ließ ihn nicht ausreden. Schon hatte er Pollux unter den Arm geklemmt und eilte in die Manege.
»Hier ist ein viel intelligenterer Hund, Herr Direktor!« verkündete er laut.
Herr Serafini verneigte sich höflich.
»Abär bitte, mein Härr«, rief er, »tretän Sie nähär!«
Dann gab er dem Eisgrauen die Hand.
»Darf ich um Ihrän wertän Namän bittän?« fragte er.
»Ich . . . ich heiße . . . Grau. Jeremias Grau, jawohl!« sagte der Eisgraue, dem gerade kein besserer Name einfiel.
Der Zirkusdirektor stellte vor:
»Hier sehän Sie Herrn Jeremias Grau. Er behauptät, sein Hund sei viel gescheitär als unsär Hieronymus. Das wollän wir gleich einmal sehän!«

Die Zuschauer machten neugierige Gesichter. Dann prasselten die Rechenaufgaben auf Pollux herab.
Zuerst waren die Fragen ganz leicht. Und es genügte, wenn das Gespenst mit der linken Pfote die Antworten trommelte.
Die Leute nickten anerkennend mit den Köpfen.
Da rief der Eisgraue übermütig:
»Mein Hund kann nicht nur zusammenzählen und abziehen, er ist auch ein Meister im Malnehmen!«
Die Zuschauer wurden immer neugieriger. Und einige stellten sich sogar auf die Bänke, um besser sehen zu können.
Herr Serefani erbleichte, denn Malnehmen konnte Hieronymus nicht.
Auch Pollux mußte einige Zeit nachdenken. Aber wenn er ein Ergebnis nicht wußte, sagte ihm der Eisgraue vor. Er flüsterte so leise, daß niemand es merkte. Pollux hatte schließlich sehr scharfe Ohren. Und dann legte das Gespenst los.
Er nahm beide Pfoten zu Hilfe und schlug so schnell auf die Trommel, daß die Zuschauer kaum mit dem Zählen mitkamen. Nach jedem Ergebnis wurde begeistert geklatscht. Und am Schluß spielte das Gespenst als Dreingabe noch ein Schlagzeugsolo, das jeder Jazzkapelle Ehre gemacht hätte.
»Bravo!« riefen die Leute. »Bravo! Das ist der klügste Hund, den wir kennen!«
Direktor Serafini jedoch gab sich nicht so schnell geschlagen. »Aber singän, singän kann Ihr Hund sichär nicht!« meinte er.
»Wollen sehen!« sagte der Eisgraue.
Und dann sang Pollux »Am Brunnen vor dem Tore«.
Es war sein Lieblingslied. Er hob die Schnauze, schloß

die Augen, spitzte die Ohren und sang so hingegeben, daß die Leute atemlos zuhörten. Um so größer war nachher der Applaus.
»Dreingabe! Dreingabe!« riefen alle.
Aber der Eisgraue hatte etwas anderes vor.
»Mein Hund Pollux«, sagte er, »ist der einzige Hund, der klettern kann wie eine Katze. Oder kann Hieronymus etwa klettern?«
Der Direktor mußte verneinen.
»Mein Hund«, erklärte der Alte laut, »wird jetzt diesen Mast hochsteigen. Das bringt kein anderer Hund auf der Welt fertig!«
Und leise flüsterte er Pollux zu:
»Oben hockt die Echo-Eule. Frage, ob sie die grauen Hüte entdeckt hat!«
»Wird gemacht!« gab Pollux ebenso leise zurück.
Und dann kletterte er – hastduwaskannstdu – den dikken Mast empor.
Wenn Pollux kein Gespenst, sondern ein Hund gewesen wäre, hätte er das natürlich nie geschafft. So aber war es für ihn eine Kleinigkeit.
Die Echo-Eule saß ganz im Schatten, damit niemand sie beobachten konnte.
»Nirgends ein Hut! Nirgends ein Hut!« zischte sie.
Da kletterte Pollux wieder herunter.
Erstaunt schüttelten die Leute die Köpfe. Einen Hund, der einen Mast hochsteigt, hatten sie wirklich noch nie gesehen.
»Ein Wunderhund! Ein Wunderhund!« riefen sie, klatschten laut in die Hände und konnten sich vor Begeisterung gar nicht beruhigen.
Der Eisgraue ließ sich von Direktor Serafini die ausgesetzte Belohnung geben.

»Bravo! Bravissimo!« sagte Herr Serafini senior anerkennend. »Ich engagiere Ihrän Hund auf där Ställe!«
Der Alte schüttelte den Kopf. »Wir sind leider schon vergeben!« erklärte er.
Dann klemmte er Pollux wieder unter den Arm.
Die Kapelle spielte einen Tusch. Und der Eisgraue ging zu seinem Platz zurück.

»Gratuliere! Gratuliere!« rief Schabernack schon von weitem.
Er hüpfte auf der Bank hin und her und freute sich wie ein Schneekönig.
»Kleinigkeit!« sagte Pollux und schnaubte verächtlich durch die Nase. »Im Rechnen nehme ich es mit jedem Straßenköter auf!«
Das Obergespenst lachte.
»Vor allem, wenn dir jemand vorsagt!«
Dann nahm das Programm seinen Fortgang.
Direktor Serafini führte die dressierten Pferde vor.
Der Clown machte seine Späße.
Eine Trapezgruppe zeigte gefährliche Kunststücke.
Schließlich wurde Bomba, »der stärkste Mann Europas«, angekündigt.

IM SIEBTEN KAPITEL

lernen wir den stärksten Mann Europas kennen. Schabernack zieht jemanden an den Haaren, verdient ebenfalls hundert Schilling, und die Zirkuskapelle spielt den längsten Tusch ihres Lebens

Bomba, »der stärkste Mann Europas«, war mehr ein Riese als ein Mensch. Irgendwie erinnerte er an einen alten, knorrigen Weidenbaum.

Sein Nacken war so breit wie der eines Stieres. Lange, wirre Haare umgaben das verkniffene Gesicht. Die Augen blickten böse, aber etwas träge in die Runde.

Der Kraftmensch war an Armen und Beinen so mit Muskeln bepackt, daß er bei jedem Schritt einen Bogen um sich selber machen mußte.

Mit lauter Stimme verkündete Direktor Serafini senior: »Bomba, där stärkste Mann Europas, wird Ihnän einige Kraftakte zeigän. Sie werdän staunän, meine Damän und Härrän!«

Zuerst wurden dem Riesen ein paar Eisenstangen gegeben.

Bomba atmete tief ein und spannte die Muskeln, daß man meinte, er würde im nächsten Augenblick platzen.

Er platzte aber nicht, sondern verbog die Eisen zu absonderlichen Formen. Man reichte sie im Publikum herum.

Einige Zuschauer versuchten, die Stangen wieder geradezubiegen.

Es war vergebens. »Bomba ist wirklich der stärkste

Mann Europas«, sagten sie und nickten bewundernd mit den Köpfen.

Sogar ein Hufeisen konnte der Riese zerbrechen.

Anschließend mußten sich zehn Leute auf ein langes Brett setzen.

Bomba schnaubte wild durch die Nase, dann packte er das Brett und stemmte es hoch. Alles klatschte.

Nur die Leute auf dem Brett klatschten nicht, weil sie sich festhalten mußten.

»Bomba kann sogar dän Mast däs Zirkuszältäs hochhebän!« rief der Direktor. »Abär keine Angst, meine Damän und Härrän! Er tut äs nicht, weil sonst allän das Zält auf dän Kopf fällt!«

Zum Schluß wollte Bomba einen Ringkampf veranstalten.

»Wär traut sich?« fragte Herr Serafini ins Publikum. »Freiwillige vor! Wär ist so stark wie Bomba? Wär Bomba besiegt, ärhält finfzig, was sag' ich, hundärt Schilling aus där Zirkuskasse!«

Die Leute zogen angstvoll die Köpfe ein. Niemand wagte es. Oder doch? In der hintersten Reihe wurde es unruhig. Dort saß Schabernack.

»Los, gib mir dein Hemd!« flüsterte er und stieß den Eisgrauen in die Rippen.

»Du willst doch nicht . . .?« Der Alte war so erstaunt, daß er seine Frage nicht vollendete.

»Natürlich will ich!« zischte das weiße Gespenst. »Wenn Pollux es mit einem Hund aufnimmt, werde ich auch mit diesem Kraftprotzen fertig. Los, jetzt die Hose!«

»Aber dann habe ich ja fast nichts mehr an!« protestierte der Alte heftig.

»Hihihi! Ein richtiges Gespenst schämt sich nicht!«

kicherte Schabernack. »Außerdem ist es hier ziemlich dunkel, und schließlich kannst du dich in der Zwischenzeit ein wenig unter den Bänken verstecken!«
»Nein, das geht nicht!« Der Kopf des Eisgrauen war schon ganz rot geworden und gerade dabei, vor Empörung eine violette Farbe anzunehmen.
»Und die hundert Schilling?« fragte Schabernack.
Da gab der Alte nach.
Im Nu hatte das Gespenst die Hose des Eisgrauen angezogen.
Sie war ihm zwar ein wenig weit, aber das fiel kaum auf.
Schabernack sah jetzt fast aus wie ein Mensch. Nur das blasse Gesicht störte ein wenig. Aber schließlich würden auch andere Leute blaß, wenn sie gegen Bomba zum Ringkampf antreten müßten.
Dann stand Schabernack in der Manege.
Herr Serafini senior schleppte einen großen, kupfernen Gong herbei.
»Es wird so lange gekämpft, bis einär där beidän aufgibt odär sich nicht mähr bewegän kann!« bestimmte er. »Sind Sie einverstandän?«
Schabernack nickte.
Bomba schnaubte nur verächtlich durch die Nase. Dann stampfte er zum Direktor und grunzte ihm etwas ins Ohr.
»Bomba hat soebän gesagt, daß är seinän Gegnär zu Zwetschgänmus zärquätschän wird!« erklärte Herr Serafini.
»Und ich werde Bomba zu Apfelkompott verarbeiten!« rief Schabernack. Die Leute lachten, das gefiel ihnen.
Der stärkste Mann Europas aber verstand keinen Spaß.
Wütend stapfte er in der Manege auf und ab und stieß

heisere, unverständliche Laute aus, die wie das Bellen eines Hundes klangen.
»Bomba wird die Knochän seinäs Gegnärs zärbrächän wie Streichhölzär!« übersetzte Herr Serafini.
Schabernack ließ sich nicht einschüchtern.
»Und ich werde Bomba gegen den Mast schleudern, daß er kleben bleibt wie eine faulige Tomate!« kicherte das weiße Gespenst.
Bomba wurde immer zorniger.
Seine Haare sträubten sich, und die Augen liefen rot an.
»Überhaupt«, stellte Schabernack ungerührt fest, »ist Bomba nicht der stärkste, sondern höchstens der dümmste Mensch Europas!«
Da war es mit der Geduld des Kraftmenschen zu Ende.
Heiser bellend stürzte er sich auf das arme Gespenst und umschlang es mit seinen starken Pranken.
Die Leute schrien entsetzt auf und glaubten schon die Knochen krachen zu hören. Es krachte aber nur Bombas Kopf auf den Boden der Manege.
Schabernack hatte sich lang und dünn gemacht, war zwischen den Armen des Scheusals durchgetaucht und hatte ihm von hinten einen Schubs gegeben.
Langsam und ein wenig benommen rappelte sich Bomba hoch.
Seine Augen glänzten böse, als er sich nach dem Gegner umsah.
Aber er erblickte niemanden.
Schabernack stand hinter seinem breiten Rücken und kicherte schadenfroh. »Hihi, der böse Bomba hat nur Stroh im Kopf!« spottete er.
Mit einem wilden Grunzen drehte sich der stärkste Mann Europas um. Er hob die Faust hoch und schmet-

terte sie auf die Erde. Das Zirkuszelt zitterte bis zur Mastspitze hinauf.
Die Zuschauer dachten schon, Schabernack sei breitgeschlagen worden wie ein Blatt Papier.
Aber das weiße Gespenst stand zufälligerweise neben der Faust, die gerade in den Boden gesaust war.
»Bomba ist nicht nur dumm, er sieht auch schlecht!« stellte Schabernack kaltblütig fest. Und dann hüpfte er dem Kraftmenschen, der immer noch auf dem Boden hockte, ins Genick.
»Hihi, haha, Bomba ist ein dummer Frosch!« höhnte Schabernack, turnte dem Riesen auf dem Kopf herum und zog ihn an den langen Haaren.
Die Leute klatschten und quietschten vor Vergnügen.
»Gib's ihm! Gib's ihm!« schrie Pollux und hüpfte auf seinem Sitzplatz herum.
Sogar der Eisgraue hatte sich wieder hervorgewagt und folgte gespannt dem Kampf. Sein Kopf war vor Aufregung blau wie ein Veilchen.
Mit einem entsetzlichen Geheul sprang Bomba auf die Beine, raste wie ein wütender Stier durch die Manege und fuchtelte mit den Armen.
Die Leute waren aufgesprungen.
»Bravo! Bravo!« riefen sie Schabernack zu.
Ein dicker Herr mit einem Spazierstock kletterte sogar auf die Bank. »Dummheit muß bestraft werden!« brüllte er und schwenkte seinen Stock.
Dann wurde es plötzlich still.
Den Zuschauern erstarben die Rufe auf den Lippen.
Pollux wimmerte entsetzt.
Schabernack hatte nämlich einen Augenblick nicht aufgepaßt. Und schon umspannten die dicken, haarigen Pranken seinen Hals. Bomba fletschte schadenfroh die

Zähne. Seine Äuglein wurden ganz klein und leuchteten heimtückisch auf.
Jetzt wollte er es diesem frechen Kerl heimzahlen!
Langsam drückten die Finger zu. Schabernacks Hals wurde immer dünner. Bald war er nur noch so dünn wie ein Bleistift, dann wie ein Streichholz, dann wie ein Zwirnsfaden.
Einige Leute schrien. Der dicke Herr wurde bleich, drückte seinem Nachbarn hastig den Spazierstock in die Hand und fiel in Ohnmacht.
Das war sehr schade.
Denn nun konnte er nicht sehen, wie Schabernack dem eisenharten Griff entkam.
»Schwupp«, machte es. Und dann war das Gespenst wie ein nasser Aal durch Bombas Finger geflutscht.
Der Riese öffnete langsam die Fäuste und starrte entgeistert auf seine Handflächen. Wo war sein Gegner?
Dann wurde es ihm plötzlich weiß vor den Augen.
Schabernack hatte sich über Bombas Kopf gelegt wie ein Handtuch.
Der stärkste Mann Europas sah überhaupt nichts mehr.
Wie eine blinde Kuh irrte er durch die Manege und wurde immer wütender. Und je wilder er wurde, desto schneller begann er zu laufen.
Das aber hätte er nicht tun dürfen!
Denn in der Mitte des Zeltes stand der große Zirkusmast.
Und an eben diesen Mast prallte Bombas Schädel mit voller Wucht.
Das ganze Zelt bebte. Alle Leute zogen unwillkürlich die Köpfe ein.
Fast wäre die Echo-Eule, die schon mit einem Auge eingenickt war, heruntergefallen.

Der dicke Herr wachte wieder auf und ließ sich seinen Spazierstock reichen. Bomba aber, der stärkste Mann Europas, begann zu schwanken wie ein Schiff im Sturm. Er drehte – mit schwerer Schlagseite – noch eine Runde durch die Manege. Dann senkte er sich leise nach backbord und kippte um.
Direktor Serafini schlug den großen Gong zum Zeichen, daß der Kampf beendet war.
»Schade«, sagte Schabernack und klopfte sich die Sägespäne aus der Jacke. »Jetzt, wo es gerade am schönsten geworden wäre, macht er schlapp!«
Das war natürlich übertrieben. Denn obwohl Schabernack ein Gespenst war, hatte er doch ein wenig Angst gehabt vor dem Riesen.
Das Publikum raste vor Begeisterung. Die Leute warfen Blumen, Schuhe, Parfümflaschen, Taschentücher, Kaugummi, Schleifen, Kämme und Hustenbonbons in die Manege.
Der dicke Herr rannte zu Schabernack hin und drückte ihm überschwenglich die Hand. »Ausgezeichnet! Ausgezeichnet!« rief er. »Dummheit muß bestraft werden!« Er versetzte Bomba, der wie ein Mehlsack auf dem Boden lag, einen geringschätzigen Fußtritt.
Die Kapelle spielte einen langen Tusch. Und weil das Publikum immer noch klatschte, spielte sie noch einen Tusch und dann noch einen. Es war sicher der längste, den sie jemals gespielt hatte. Und die Musiker hörten nur deshalb wieder auf, weil sie Durst bekamen und Bier trinken mußten.
Herr Serafini senior war nicht so begeistert. Schließlich hatte er schon wieder hundert Schilling zu bezahlen.
Mit geschwellter Brust ging Schabernack zu seinem Sitzplatz zurück. Dabei wurde er noch einige Male

angehalten. Viele Leute wollten ein Autogramm von ihm haben.
»Was sagt ihr nun?« fragte er stolz, als er die Kameraden erreichte.
»Ich bin platt!« knurrte Pollux und klappte ehrfürchtig die Kinnlade herunter.
»Ich hoffe, du weißt es zu würdigen, daß sich nun der allerstärkste Mann Europas neben dir niederzulassen geruht!« kicherte Schabernack.
»Natürlich! Nur möchte ich den allerstärksten Mann Europas darum bitten, mir meine Hose zurückzugeben!« ertönte eine Stimme. Sie gehörte dem Eisgrauen und kam unter der Bank hervor.
Da mußte ihm das weiße Gespenst wohl oder übel die Hose reichen. Denn was man sich ausgeliehen hat, muß man wieder zurückgeben. Dieser Grundsatz gilt auch für ein Gespenst.
Als die Vorstellung zu Ende war, klatschten die Zuschauer begeistert. »Bravo«, riefen sie, »es war großartig! Der Besuch hat sich gelohnt!«
Wie sie es betreten hatten, so verließen die vier Gespenster das Zelt. Der Alte hängte den grünen Kittel wieder an die Wäscheleine.
Und dann standen der Eisgraue, Schabernack, Pollux und die Echo-Eule allein in der Dunkelheit.
»Jetzt suchen wir zuerst einmal ein gemütliches Fleckchen, um in aller Ruhe den Morgen abzuwarten!« bestimmte der Eisgraue.
Noch lag tiefe Finsternis über dem Prater. Die Echo-Eule setzte sich in eine Astgabel und ließ abwechselnd ihr linkes und ihr rechtes Auge schlafen. Pollux durchstreifte das Gebüsch und forschte nach Mäusen oder Ratten.

Er tat es ganz verstohlen, damit der Alte nichts merkte. Schabernack hatte sich in sich selbst verkrochen. Man sah ihn fast nicht mehr. Und der Eisgraue hockte auf einem Baumstumpf, hielt den Kopf zwischen den Knien und kämmte sich. Als ihm diese Beschäftigung zu langweilig wurde, fing er an, seine Haare zu zählen. Er kam auf zehntausendzweihundertzweiundneunzig. Und weil er nicht genau wußte, ob er sich verzählt hatte, begann er noch einmal von vorn. Diesmal brachte er zehntausendzweihundertvierundneunzig heraus.

»Was stimmt denn nun eigentlich?« murmelte er ärgerlich. »Ich glaube, ich zähle noch einmal nach!«

Als er zum fünftenmal nachgezählt und jedesmal ein anderes Ergebnis erzielt hatte, begann es zu dämmern. Der Himmel überzog sich mit einem grauen Schleier. Schon konnte man die Umrisse der Bäume und Büsche unterscheiden.

Die Stadt rundum erwachte zum Leben.

IM ACHTEN KAPITEL

beginnt Munkelchen seine abenteuerliche Reise, verbrennt sich gründlich die Finger, muß vor einem schrecklichen Untier fliehen und lernt eine Einkaufstasche von innen kennen

Lange vor der Gespensterberatung hatte Munkelchen entdeckt, daß ihm die Zahnlücke fehlte. Sie lag nicht mehr auf dem Stuhl. Irgend jemand mußte sie weggenommen haben! Zuerst war das kleine Gespenst furchtbar erschrocken. Dann wurde es sehr traurig. Die anderen Gespenster können den Kopf abnehmen, dachte es niedergeschlagen, sie können mit den Knochen klappern oder durch die Luft fliegen. Aber was kann ich? Ich kann nur mit der Zahnlücke pfeifen. Und jetzt ist mein einziger Besitz gestohlen worden. Munkelchen lehnte sich traurig an eine Kiste. Eine dicke, runde Träne kullerte langsam über seine Wange. Als die Träne das Kinn erreicht hatte, begann das Gespenst darüber nachzudenken, was nun zu tun war. Sollte es zu Herrn Kalendertag laufen und ihm den Vorfall berichten? Der Geisterbahnbesitzer würde dann sicher die Polizei verständigen. Aber – kümmern sich Polizisten eigentlich um Zahnlücken von Gespenstern? Sicher nicht. Der Wachtmeister würde höchstens sagen: »Solche Kleinigkeiten gehen uns nichts an! Wieviel ist die Zahnlücke überhaupt wert? Ist sie aus Gold? Oder aus Silber? Sollen wir – womöglich mit Blaulicht und Martinshorn – hinter einer ganz

gewöhnlichen Zahnlücke herjagen? Das ist – eine Unverschämtheit ist das!«
Er würde sich auf dem Absatz umdrehen und schnaufend verschwinden.
Sollte Munkelchen die anderen Gespenster verständigen?
Die würden es vielleicht dem Herrn Kalendertag sagen. Und der durfte es doch nicht erfahren!
Das meinte auch die Ururoma, mit der Munkelchen eine lange und ernsthafte Unterredung hatte. Sie gab dem kleinen Gespenst den Tip mit den beiden grauen Hüten. Und dann öffnete Munkelchen die Türe zur Geisterbahn einen ganz kleinen Spalt. Nicht einmal der wachsame Pollux merkte etwas.
Und schon war es draußen.

Die Geisterbahn schloß am Sonntag immer etwas früher. Deshalb war der Prater noch nicht ganz verlassen. Vom Auto-Scooter scholl lustige Musik herüber. Man hörte das Fahrgeräusch und das laute Krachen, wenn zwei Wagen zusammenstießen.
Munkelchen blieb immer im Schatten der Bäume und hielt scharf Ausschau nach grauen Hüten. Aber die Diebe waren gewiß schon über alle Berge.
Auf einmal stieg dem kleinen Gespenst ein süßer Duft in die Nase. Er kam von einem Stand herüber, wo Mandeln verkauft wurden.
Ein Mann mit buntem Turban rührte in einem kupfernen Kessel herum.
»Frische Mandeln«, rief er, »ganz frische Mandeln!« Er sah aus wie ein Zauberer, der mit süßem Zuckerwerk die Kinder anlockt.
Munkelchen konnte dem Duft nicht widerstehen.
Ob es wollte oder nicht – es mußte einfach seiner Nase folgen.
Und die Nase führte das kleine Gespenst direkt neben den Kessel. Der Mann mit dem Turban hatte Munkelchen nicht bemerkt. Denn er war sehr groß und Munkelchen sehr klein. Außerdem befand sich zwischen den beiden der bauchige Kupfertopf.
Was sollte Munkelchen tun? Es besaß keinen Groschen und hätte doch so gerne von den süßen, braunen Mandeln gekostet!
»Geld ist nichts für Gespenster«, hatte Herr Kalendertag immer gesagt.
In diesem Augenblick schien die Kraft, die Munkelchen vorhin an der Nase geführt hatte, in seine Finger zu wandern.
Und ehe sich das kleine Gespenst dessen versah, hob

sich seine Hand und näherte sich verstohlen dem Kessel.
Plötzlich zerriß ein entsetzlicher Schrei die Stille. Der Mandelmann zuckte erschrocken zusammen. Und dann sauste ein schwarzes Wesen mit lautem Wimmern über den Weg, schlug zwei Haken und verschwand jaulend zwischen den dunklen Bäumen.
Erst am Rande des Praters, im dichtesten Gebüsch, hielt Munkelchen an. Es kroch ganz tief in das Gras und leckte sich wimmernd die Hand. Wer hätte auch ahnen können, daß der kupferne Kessel so heiß ist wie Feuer? Daß man sich an süßen Zuckermandeln die Finger verbrennen kann?
Erst nach einiger Zeit wagte sich das Gespenst wieder auf den Weg hinaus. Vorsichtig blickte es umher und machte ein Gesicht wie ein Indianerhäuptling auf dem Kriegspfad. Es spitzte die Ohren und hörte jeden Laut. Aber etwas bemerkte es nicht. Ganz einfach deshalb, weil dieses Etwas kein Geräusch machte: die große Katze, die hinter dem Gebüsch lauerte.
Mit einemmal landete ein Schatten lautlos auf dem Weg. Er machte einen runden Buckel und fauchte das Gespenst drohend an. Fast wäre Munkelchen vor Schreck hingefallen, als es das schaurige Untier mit den großen Augen sah. Dann drehte es sich blitzschnell um und flitzte davon.
Die Katze folgte in langen Sprüngen. Wäre Munkelchen im Besitz der Zahnlücke gewesen, hätte es jetzt ganz laut gepfiffen und dadurch sicher seinen Verfolger vertrieben. So aber blieb ihm nichts anderes übrig als davonzulaufen.
Zum Glück war Munkelchen ein Gespenst, das schnell rennen konnte, deshalb dauerte die Verfolgungsjagd

sehr lange. Munkelchen sauste wie eine Rakete den Weg entlang. Die Bäume links und rechts flogen nur so vorbei. Und ehe die Leute, an denen die zwei schwarzen Schatten vorüberjagten, ihren erstaunten Mund wieder zubrachten, war nichts mehr von den beiden zu sehen.
Aber langsam wurde Munkelchen müde. Auch Gespenster können müde werden, wenn sie den ganzen Tag angestrengt in der Geisterbahn gearbeitet haben. Und das Fauchen der Katze kam immer näher. Was sollte Munkelchen tun? Da sah es eine Frau am Rande des Weges, die gerade eine Schießbude zusperrte. Und neben der Frau stand eine große, schwarze Einkaufstasche . . .
»Was schnuppert denn die Katze an meiner Tasche herum?« fragte die Frau und drehte sich erstaunt um. »Du willst wohl die Wurst stibitzen, die ich heute gekauft habe, was? Husch, mach dich fort!«
Und während die Katze scheu zurückwich, hängte sich die Schießbudenbesitzerin die Einkaufstasche über den Arm und machte sich auf den Heimweg.

IM NEUNTEN KAPITEL

erleben wir eine Straßenbahnfahrt, bei der die Schießbudenbesitzerin in große Verlegenheit gerät. Munkelchen muß sich ganz schnell einmal totstellen, und ein Schaffner wundert sich

»Nächste Haltestelle Prater! Steigt jemand aus?« fragte der Schaffner Kümmelbein, der im Straßenbahnwagen Nr. 4 saß. Dann machte er den Mund sperrangelweit auf und gähnte. Denn es war spät, und er war schläfrig.

Es stieg niemand aus. Nur die Schießbudenbesitzerin mit der großen Einkaufstasche kletterte herein.

»Guten Abend«, sagte sie und setzte sich gleich auf die erste Bank. Denn auch sie war rechtschaffen müde.

Herr Kümmelbein stand umständlich auf und zog den Block mit den Fahrscheinen hervor.

»Einmal Taborstraße«, verlangte die Frau und kramte ein paar Münzen aus der Geldbörse.

Der Schaffner hielt ihr das Billett hin und schaute auf die große, schwarze Tasche. »Und Ihre Tochter?« fragte er.

»Welche Tochter?« Die Schießbudenfrau sah erstaunt auf. Machte sich der Mann lustig über sie?

»Machen Sie keine Witze«, meinte sie deshalb, »meine Tochter Luise steckt schon längst im Bett!«

»Ich mache keine Witze. Ich mache nie Witze, schon gar nicht nachts um elf Uhr!« Herr Kümmelbein deutete auf die Einkaufstasche.

»So – und was befindet sich da in Ihrer Tasche?« fragte der Schaffner mit eisiger Stimme.
Munkelchen hatte sich anfangs ganz still verhalten, um nicht entdeckt zu werden. Aber dann öffnete es den Reißverschluß ein klein wenig und steckte den Struwwelkopf heraus, gerade in dem Augenblick, als der Schaffner Kümmelbein den Fahrschein ausstellte.
Jetzt hatte auch die Schießbudenfrau ihre Stimme wiedergefunden. »Da hört sich doch alles auf!« rief sie. »Wie kommt denn das komische Ding in meine Tasche?«
Und mit einem schnellen Griff packte sie den schwarzen Haarschopf und zerrte das ganze kleine Gespenst ans Licht.
Munkelchen war so erschrocken, daß ihm fast das Herz stehengeblieben wäre. (Falls Gespenster überhaupt ein Herz besitzen!)
Es wagte sich nicht zu rühren. Es stellte sich einfach tot. Und das war sein Glück.
Der Schaffner schaute das schwarze Etwas mit dem dicken Wuschelkopf eine Weile mißtrauisch an. Was sollte er davon halten?
Alle Leute hatten die Hälse vorgestreckt und machten Stielaugen.
Herr Kümmelbein biß sich ein paarmal verlegen auf die linke Schnurrbartspitze. »Aha«, brummte er, »eine – Puppe! Dafür brauchen Sie natürlich kein Fahrgeld zu bezahlen!« Und dann drehte er sich schnell um und ging auf seinen Schaffnerplatz zurück.
Die Schießbudenfrau war ganz verwirrt. Sie konnte sich das alles nicht erklären.
Schnell stopfte sie das kleine Gespenst wieder in die Tasche und machte den Reißverschluß zu. Und als die

Straßenbahn das nächste Mal hielt, stieg sie aus, obwohl sie noch zwei Stationen hätte fahren müssen. »So etwas ist mir in meinem ganzen Leben noch nicht vorgekommen«, wunderte sich der Schaffner und schaute der Schießbudenfrau nach, die gerade um die nächste Hausecke verschwand. »In meinem ganzen Leben ist mir so etwas noch nicht vorgekommen – so wahr ich Joachim Kümmelbein heiße!«

IM ZEHNTEN KAPITEL

lernen wir ein Mädchen namens Luise kennen. Frau Siebenfritz gibt einen ausführlichen Bericht, und jemand setzt sich auf einen neuen Frühjahrshut

Während die Straßenbahn polternd weiterfuhr, eilte die Besitzerin der Schießbude mit ihrer großen Einkaufstasche die Taborstraße entlang, bog in die Kleine Pfarrgasse ein und verschwand schließlich im Eingang eines dreistöckigen Hauses in der Leopoldsgasse. Keuchend stieg sie zwei Treppen hoch und blieb vor einer Wohnungstüre stehen.
Neben der Türe war ein Schild angebracht:

Erasmus Siebenfritz
Mandelverkäufer und
Schießbudenbesitzer

Unter dem Schild war eine Klingel. Zuerst dachte die Frau daran, den Wohnungsschlüssel aus der Tasche zu ziehen und aufzusperren. Denn sie hieß ja Frau Siebenfritz und war hier zu Hause. Und Erasmus Siebenfritz, der Mandelverkäufer, war ihr Mann. Aber dann fiel ihr etwas ein, und deshalb drückte sie lieber auf den Klingelknopf.
Herr Siebenfritz, der schon vor seiner Frau nach Hause gekommen war, öffnete.
»Du kommst heute spät!« sagte er. Seine Stimme klang

besorgt, und seine Nasenspitze war ein wenig blaß. »Ist irgend etwas passiert?«
»Bin ich froh, daß ich wieder zu Hause bin!« seufzte Frau Siebenfritz erleichtert und drängte sich in die Wohnung. »Jetzt muß ich mich erst einmal setzen!«
Sie ließ sich in einen Polstersessel fallen und schnappte nach Luft.
»Was ich heute schon alles durchgemacht habe«, stöhnte sie, »wenn das so weitergeht, bin ich bald sanatoriumsreif. Übrigens: Schläft Luise schon?«
»Natürlich! Es ist ja kurz vor Mitternacht«, sagte ihr Mann im Brustton der Überzeugung.
Aber Luise war noch wach und hatte ihre Mutter gehört. Und auf einmal patschten draußen nackte Kinderfüße über den Flur, dann öffnete sich die Wohnzimmertür, und ein kleines Mädchen in einem rosa Nachthemd schlüpfte herein.
»Daß du nur da bist!« rief Luise und gab ihrer Mutter einen Kuß auf die Nasenspitze.
»Was? Du schläfst noch nicht? Marsch ins Bett!« kommandierte Frau Siebenfritz.
Luise legte die Arme um ihren Hals und ließ sich nicht so schnell vertreiben. »Ich hab' die ganze Zeit nicht einschlafen können!« plapperte sie. »Was war denn heute?«
»Ich kann euch flüstern . . .«, begann ihre Mutter. Aber sie flüsterte gar nicht, sondern redete mit ganz gewöhnlicher Stimme. Und Luise durfte auch zuhören, nachdem sie sich Hausschuhe angezogen hatte.
Von ihrem Erlebnis in der Straßenbahn erzählte Frau Siebenfritz. Und von dem unhöflichen Schaffner – Schimmelbein oder wie er hieß. Auch davon, daß sie das letzte Stück des Weges zu Fuß gegangen war. Und

natürlich vom Wichtigsten: von diesem eigenartigen Geschöpf, das auf irgendeine unerklärliche Weise in ihre Einkaufstasche geraten war, und das so schwarz und haarig und überhaupt unbeschreiblich häßlich aussah.

»Jetzt könnt ihr euch wohl vorstellen, daß ich es lieber unterlassen habe, den Hausschlüssel aus der Tasche zu holen!« beendete Frau Siebenfritz ihre lange Geschichte.

Und dann öffnete sie den Reißverschluß.

Vorsichtig wurde Munkelchen ans Licht befördert.

Luise war kein bißchen erschrocken, als die die Puppe erblickte.

»Ach, wie niedlich!« rief sie und setzte sich begeistert

auf den nächsten Stuhl. Das hätte sie nicht tun sollen. Denn auf dem Stuhl lag Mutters neuer Frühjahrshut. Aber zunächst merkte das noch niemand.

»Was, niedlich?« empörte sich Frau Siebenfritz. »Dieses dreckige, struppige Ding nennst du niedlich? Wegwerfen sollte man es!«
Herr Siebenfritz hob Munkelchen an den Ohren hoch und betrachtete es von allen Seiten. Das tat dem kleinen Gespenst zwar weh, aber es blieb doch steif und stumm. Die Angst steckte ihm seit dem Straßenbahnerlebnis noch in den Knochen. Man konnte tatsächlich meinen, Munkelchen sei eine etwas heruntergekommene Puppe.
Überdies bemerkte das Gespenst mit Entsetzen, daß vor ihm der Mandelverkäufer stand, bei dem es sich so fürchterlich die Finger verbrannt hatte. »Du hast recht«, meinte Herr Siebenfritz nach der Besichtigung zu seiner Frau. »Es ist am besten, dieses dreckige Ding sofort wegzuwerfen. Niemand weiß, wer es in die Tasche getan hat. Und außerdem: Wo mag die Puppe überall gelegen sein! Auf dem Gerümpelhaufen, im Straßenschmutz, bei einem Kranken. Sie ist sicher voller Bakterien . . .«
»Aber man kann sie doch waschen!« begehrte Luise auf. Das kleine, struppige Knäuel gefiel ihr wirklich sehr.
»Apropos waschen!« meinte die Mutter, und Luise merkte sofort, daß sie etwas Dummes gesagt hatte. »Meine Tochter wird jetzt auch die Ehre haben, sich zu waschen. Und dann ins Bett zu klettern. Aber ein bißchen hopp, wenn ich bitten darf!«
»Aber . . .«, sagte Luise weinerlich.
»Keine Widerrede!« unterbrach Vater sie streng.
Und während Luise ins Bad tapsen mußte, hörte sie hinter sich den Schreckensschrei ihrer Mutter:
»Oh, mein neuer Frühjahrshut!«

Dann herrschte eine Weile feierliche Stille. Schließlich sagte Frau Siebenfritz traurig: »Der ist jetzt höchstens noch als Kuchenteller verwendbar!«
»Ach was«, tröstete sie ihr Mann, »ich gehe damit zum Hutmacher. Für ihn ist es ein Kinderspiel, den Schaden zu beheben.«
Und dann machte er sich auf den Weg, um das kleine Gespenst in die Mülltonne zu werfen.

IM ELFTEN KAPITEL

macht sich Luise Gedanken

Luise hatte sich gewaschen und war ins Bett gekrochen. Sie war schrecklich müde. Trotzdem konnte sie nicht einschlafen, denn sie mußte immer an das kleine, schwarze Knäuel in der Einkaufstasche denken. Richtig putzig hatte das Ding ausgesehen, wie ein winziger, kraushaariger Pudel. Und sie wünschte sich doch schon immer einen kleinen Hund. Aber Mutter meinte stets: »Kommt gar nicht in Frage! Ein Hund macht zu viel Schmutz in der Wohnung!«
Und der Vater behauptete: »Ein Hund kostet Geld. Das können wir uns nicht leisten. Und überhaupt schlägst du dir solche Dinge aus dem Kopf. Basta!«
Und wenn Herr Siebenfritz basta sagte, gab es keine Widerrede mehr. Vater ist viel zu streng zu mir, dachte Luise. Er behandelt mich immer wie ein kleines Mädchen. Dabei bin ich doch schon neun Jahre alt. Jawohl!
Dann kuschelte es sich in das Kissen zurück und dachte weiter nach. Es stimmte: Ihre Eltern hatte nicht so viel Geld wie andere Leute. Sie arbeiteten ja nur auf dem Prater. Mutter mußte eine Menge Platzmiete für die Schießbude bezahlen. Und Vater verdiente ebenfalls sehr wenig. Offensichtlich gab es nicht viele Leute, denen süße Mandeln schmeckten. Deshalb war er oft schlecht gelaunt. Wenn sie doch auch einmal so schönes Spielzeug haben könnte wie ihre Freundinnen! Luise steckte die Nase noch tiefer in das Kopfkissen.

Am liebsten hätte sie ein bißchen geweint.
Aber dann dachte sie an die kleine, schwarze Puppe, die jetzt irgendwo in einer Mülltonne steckte. Und dabei hatte sie plötzlich einen ganz fabelhaften Einfall.
Sie schluckte die Tränen, die ihr im Halse steckten, schnell hinunter. Und im nächsten Augenblick war sie eingeschlafen.
»Du hast ja noch Licht brennen«, sagte die Mutter, als sie kurz danach in Luises Zimmer hineinguckte. Zuerst wollte sie ihre Tochter ein wenig ausschimpfen, weil sie sich auf den neuen Frühjahrshut gesetzt hatte. Da sah sie, daß Luise schon schlief.
Deshalb strich sie ihr nur schnell übers Haar, knipste die Lampe aus und schloß leise die Tür.

IM ZWÖLFTEN KAPITEL

steht Luise ausnahmsweise einmal früh auf, rennt aus einem bestimmten Grund beinahe eine Zeitungsfrau um und kommt zu spät zur Schule

»Aufstehen, es ist sieben Uhr!«
Die Stimme von Frau Siebenfritz drang nur sehr undeutlich und ganz entfernt an Luises Ohr.
Zuerst wollte sich Luise auf die Seite drehen und schnell noch ein paar Minuten weiterschlafen. Sie fühlte sich noch sehr, sehr müde. Das war kein Wunder nach dem langen Abend. Aber auf einmal fiel ihr ein, daß sie heute etwas ganz Besonderes vorhatte. Schnell setzte sie sich im Bett auf. Dann streckte sie den linken Fuß unter der Decke hervor, dann den rechten – und schon sauste sie ins Bad, um sich zu waschen.
So eilig wie heute hatte sie es noch nie gehabt. Kaum war das Frühstück verspeist, sagte sie ihrer Mutter ade, schnappte den Schulranzen und rannte aus der Wohnung.
Frau Siebenfritz sah ihr kopfschüttelnd nach. »Und paß gut auf, wenn du über die Straße gehst!« rief sie.
Da streckte Luise den Kopf noch einmal zur Türe herein und sagte: »Keine Sorge, gnädige Frau! Und achten Sie immer darauf, daß Ihr Teewasser nicht anbrennt!«
»Huch!« machte Frau Siebenfritz erschrocken, drehte sich schnell um und rannte in die Küche. Doch auf der Türschwelle blieb sie plötzlich stehen und schüttelte

den Kopf: »Bin ich eine dumme Nudel! Mich so zum Narren zu halten! Als ob Teewasser anbrennen könnte! Ich werde doch einmal ein ernsthaftes Wörtchen mit meiner Tochter sprechen müssen.« Sie hob drohend den Finger.
Aber Luise war schon lange verschwunden.

Das kleine Mädchen rannte nach rechts in den großen Hof, wo die Wäschestangen waren, wo die Hausbewohner ihr Holz aufgeschichtet hatten, wo alte Fahrräder herumlehnten und wo an der Mauer die Mülltonnen standen.
Schnell warf Luise einen Blick in die Runde. Und als sie sich vergewissert hatte, daß niemand sie beobachtete, lupfte sie den Deckel der ersten Tonne.
»Wo ist nur die kleine, schwarze Puppe?«
Ein muffiger Geruch stieg ihr in die Nase.
Alte Stoffetzen, Konservenbüchsen, ein Stück Ofenrohr ... Hier schien das Spielzeug nicht zu stecken.
Schnell guckte Luise in die zweite Tonne. Aber auch da entdeckte sie das Gesuchte nicht. Hatte ihr Vater die Puppe gar nicht weggeworfen? Oder war schon irgendwer vor ihr am Wühlen gewesen? Dabei hatte sie sich doch so beeilt, sich im Handumdrehen gewaschen, das Frühstück hinuntergewürgt – und jetzt sollte alles umsonst gewesen sein?
Luise wollte schon traurig werden. Da entdeckte sie in der letzten Aschentonne unter ein paar Fahrradspeichen einen schwarzen Arm: die Puppe!
Freudestrahlend zerrte das Mädchen ihren Fund ans Tageslicht. Ganz staubig und voll Asche wurde sie dabei. Aber das machte nichts.
Die Hauptsache war, daß sie das geheimnisvolle Spiel-

zeug aufgestöbert hatte. Und daß sie nicht zu spät zur Schule kam.

Bei diesem Gedanken erschrak Luise. War es nicht schon acht Uhr?

Schnell stopfte sie die Puppe in die Manteltasche und rannte los.

Hoppla! An der Ecke wäre sie beinahe mit der Zeitungsfrau zusammengestoßen. »Nimm dich doch in acht!« rief die Frau ärgerlich.

Und der Gemüsehändler, der gerade eine Kiste mit Apfelsinen vor sein Schaufenster stellte, lachte: »In geschlossenen Ortschaften besteht eine Geschwindigkeitsbegrenzung von fünfzig Kilometern in der Stunde, mein Fräulein!«

Aber Luise hörte ihn nicht mehr. Ein Blick nach links, ein Blick nach rechts, dann sauste sie über die Fahrbahn. Jetzt bog sie in die Schulstraße ein. Weit und breit war kein Kind mehr zu sehen. Die erste Stunde hat sicher schon begonnen, dachte Luise bang. Und Fräulein Stichling wird immer so böse, wenn man zu spät kommt . . . Endlich war das Schulgebäude erreicht. Mit einem großen Sprung nahm sie die drei Stufen vor dem Eingangsportal und raste den Gang entlang, in dem die Glaskästen mit den ausgestopften Tieren standen. Im Vorbeilaufen schien es ihr, als ob die toten Krähen und Eulen strafend auf sie herunterstarrten. »Schaut nicht so böse, ich habe euch nichts getan!« keuchte Luise atemlos. Und dann stand sie vor ihrem Klassenzimmer.

IM DREIZEHNTEN KAPITEL

ist zuerst Singen und dann Kopfrechnen. Luise wird ertappt, und wir erfahren, warum irgend etwas auf keine Kuhhaut mehr geht

Luise hielt einen Augenblick lang den Atem an. »Froh zu sein be ... froh zu sein be ... froh zu sein be ...«, erschallte es hinter der Tür. Die Kinder sangen den Kanon, den sie gestern gelernt hatten. Man hörte immer nur die ersten Takte, weil sie besonders laut gesungen wurden. Zögernd griff Luise nach der Klinke.

Sollte sie öffnen? Sie fühlte schon im voraus die neugierigen Blicke ihrer Klassenkameradinnen und Klassenkameraden.

Alle würden den Kopf wenden. Alle würden das Singen vergessen und sie anglotzen. Und Fräulein Stichling würde hinter dem Pult hervorschießen und mit schneidender Stimme fragen: »Warum bist du zu spät gekommen?«

»Spät gekommen ... spät gekommen ... spät gekommen ...«, dröhnte es in Luises Kopf. Das Mädchen griff sich an die Stirn. Es merkte, daß es noch ganz außer Atem war und vor dem nächsten Augenblick schreckliche Angst hatte. Was sollte es nur sagen? Daß die Uhr zu Hause falsch gegangen war? Oder daß ..., aber die Lehrerin brauchte die Kinder nur anzusehen, um zu erkennen, ob eine Antwort erlogen war oder nicht.

Ach was! meinte Luise schließlich. Ich kann nicht ewig hier draußen stehenbleiben!
Und dann öffnete sie leise die Türe.
Die Kinder im Klassenzimmer standen zwischen den Bänken und schauten zur Tafel, wo Fräulein Stichling gerade die Noten des Liedes erklärte. »D-c-h-g«, sagte die Lehrerin.
Sie kehrte der Tür den Rücken zu. Gott sein Dank! Luise atmete auf. Vielleicht konnte sie unbemerkt ihren Platz erreichen. In diesem Augenblick drehte sich die dicke Brigitte in der Fensterreihe um. »Schnell!« flüsterte sie und winkte verstohlen. Da eilte das Mädchen auf den Zehenspitzen flink nach vorne. Ein Fußbodenbrett knarrte dabei ganz fürchterlich. Aber Fräulein Stichling wandte sich nicht um, sondern zischte nur laut: »Sssst!« Wenn man den großen Stein hätte plumpsen hören, der Luise vom Herzen fiel, als sie endlich vor ihrer Bank stand – Fräulein Stichling hätte sich sicher umgedreht!
Dann war Kopfrechnen, die tägliche Einmaleinsübung. Die Kinder kannten sich aus. Blitzschnell kamen die Antworten:
»Fünfmalachtistvierzig, sechsmalachtistachtundvierzig, siebenmalachtistsechsundfünzig . . .«
Niemand blieb stecken. Fräulein Stichlings Augengläser begannen zu funkeln. Sie freute sich.
Die Schüler warteten bereits auf den üblichen Befehl, die Hefte herauszunehmen, da fiel der Blick der Lehrerin auf Luise. Das Mädchen erschrak. Und schon ertönte die scharfe Stimme: »Luise, komm heraus!«
Jetzt hat Fräulein Stichling meine Verspätung doch gemerkt, dachte Luise, während sie angstvoll zum Pult marschierte. Wieso nur? Ich bin doch ganz leise zu

meiner Bank geschlichen! Das kleine Mädchen hatte keine Zeit, weiter darüber nachzugrübeln. Schon stand es vor der Lehrerin und senkte schuldbewußt die Augen. Mäuschenstill war es im Klassenzimmer. Und Luise fühlte förmlich die Blicke der Kinder auf ihrer Haut.

»Warum bist du heute zu spät gekommen?« fragte Fräulein Stichling streng. In Luises Kopf drehten sich die Gedanken wie ein Karussell.

»Ich . . . ich . . .«, stotterte sie. Sie hatte noch nicht einmal Zeit gehabt, sich eine Ausrede einfallen zu lassen. Und die Geschichte von der kleinen schwarzen Puppe konnte sie einfach nicht erzählen!

Die anderen Kinder hätten sie gewiß ausgelacht.

»Keine Ausrede!« rief die Lehrerin. Ihre Augen blickten das Mädchen durchdringend an. »Hast du verschlafen?«

Luise nickte und schluckte ein paarmal. Fräulein Stichling bemerkte es und bekam Mitleid mit dem kleinen Mädchen.

»Na, ich hoffe, das kommt nicht wieder vor. Sonst gibt es Strafarbeit, verstanden? Ihr wißt«, wandte sie sich an die übrigen Kinder, »daß ich es nicht leiden kann, wenn sich jemand verspätet.«

Mit schuldbewußter Miene schlich Luise zu ihrer Bank zurück. Wie konnte Fräulein Stichling eigentlich wissen, daß ich zu spät gekommen bin? Sie hat ja auf dem Rücken keine Augen! Dieser Gedanke ging dem Mädchen nicht aus dem Kopf.

»Und im übrigen«, hörte sie jetzt wieder die Stimme der Lehrerin, »hast du sogar vergessen, deinen Mantel auszuziehen! Begib dich rasch in die Garderobe und hole das nach!«

O Schreck! durchfuhr es Luise. Sie stand mit ihrem dicken Mantel im Klassenzimmer und hatte es gar nicht bemerkt!
Die Kinder lachten.
Jetzt wußte sie, warum sie ertappt worden war. Luise spürte, daß ihr Gesicht ganz rot wurde. Hastig eilte sie aus dem Raum.
Draußen vor der Garderobe steckte das Mädchen seine Hand in die Manteltasche. Mal sehen, ob die Puppe noch da war!
Natürlich war sie noch da. Luise zog das schwarze Spielzeug vorsichtig ans Tageslicht.
»Nichts wie Scherereien hat man mit dir!« schimpfte sie und sah das Knäuel strafend an. »Zuerst setze ich mich auf Mutters neuen Hut, dann komme ich zu spät zur Schule. Das geht wirklich auf keine Kuhhaut mehr!«
Aber allzulange konnte Luise nicht böse sein. Sie mußte ja wieder in den Klassenraum. Deshalb schob sie die Puppe ganz behutsam in die Manteltasche. Sie vergewisserte sich noch, daß das Spielzeug tief in der Tasche steckte, und eilte ins Zimmer zurück.

IM VIERZEHNTEN KAPITEL

erleben wir eine handfeste Keilerei. Jemand wird mit Kakao begossen, und die dicke Brigitte erweist sich als Retterin in der Not

Der folgende Unterricht verlief ohne Zwischenfälle. Bis zur Pause.

Als Luise und ihre Kameradinnen in den Schulhof kamen, waren die anderen Klassen schon da. Die Kinder tranken ihren Kakao und aßen das Pausebrot. Manche sausten im Hof herum und spielten Fangen. Andere warfen sich Bälle zu.

Um den frechen Anton aus der Parallelklasse hatte sich ein besonders dickes Knäuel von Kindern gebildet. Sie machten den lautesten Krach.

»Was ist denn da los?« fragte die dicke Brigitte. »Komm, wir schauen einmal nach!« Die beiden Mädchen traten näher.

Zuerst sahen sie gar nichts. Sie mußten die Hälse ganz lang machen, um über die Schultern der anderen Kinder blicken zu können. Aber als Luise endlich etwas erkennen konnte, hätte sie vor Schreck beinahe ihre Kakaotüte fallen lassen.

»Nimm bitte mal, ich muß mir nur schnell die Augen auswischen!« sagte sie und drückte Brigitte die Tüte in die Hand.

Sie rieb sich gründlich die Augen.

Dann holte sie ihr Taschentuch hervor und schneuzte sich ganz fest.

Es half alles nichts. Was sie da beobachtete, war keine Täuschung.
In der Mitte der Kinderschar stand der freche Anton, schwenkte die schwarze Puppe hin und her und rief: »Kinder, seht den lustigen Fußball! Mit solch einem Ding hat noch keiner von euch gespielt!«
Einige der Umstehenden lachten.
Nun warf Anton das Spielzeug in die Höhe und fing es wieder auf.
»Und jetzt wollen wir sehen«, brüllte er, »wer von euch am höchsten springen kann! Wer erwischt diesen schönen, schwarzen Ball?«
»Hooohooo!« johlten die anderen Kinder ausgelassen und vergnügt.
Anton wirbelte das Knäuel hoch in die Luft.
Die Arme der Jungen und Mädchen reckten sich in die Höhe.
»Wer erwischt das Ding?« schrie Anton. »Wer wird Sieger im Sprungwettbewerb?«
Wieder lachten die Kinder laut. Ein großer Junge aus der vierten Klasse war am höchsten gesprungen und hatte das Spielzeug aufgefangen. Anton schlug ihm anerkennend auf die Schulter.
»Seht den Sieger!« grölte er. »Hoch! Hoch!«
Bis zu diesem Augenblick war Luise wie erstarrt dagestanden. Jetzt aber fand sie die Sprache wieder.
»Da hört sich doch alles auf!« rief sie und schüttelte entrüstet den Kopf. Was war denn hier los? Wie kam ihre kleine Puppe in die Hände dieses Jungen? Luise wußte keine Antwort. Wie konnte sie auch ahnen, daß Munkelchen – neugierig, wie es nun einmal war – den Kopf aus der Tasche gestreckt hatte, während der Mantel in der Garderobe hing. Ihm war es in dem dunklen

Gefängnis zu langweilig geworden. Vielleicht hatte es auch die Absicht gehabt davonzulaufen.
Der Zufall wollte es, daß gerade in diesem Augenblick der freche Anton vorbeirannte. Die Pause hatte nämlich soeben begonnen.
Die Puppe sehen und mitnehmen war für Anton eins. Er machte sich keine Gedanken darüber, wem das kleine Knäuel gehörte.
Das Wichtigste war, daß er sich vor den anderen Kindern aufspielen konnte.
Luise wußte das alles nicht. Aber eines stand für sie fest: Das Spielzeug war ihr Eigentum. Die kleine, schwarze Puppe hatte sie selbst aus der Mülltonne gezerrt und war deshalb sogar zu spät zur Schule gekommen. Und ihr Eigentum mußte sie unbedingt wiederhaben!
Mit einem raschen Schritt stand das Mädchen neben dem Viertkläßler. »Die Puppe gehört mir!« rief es. Und schon hatte es dem verdutzten Jungen das Knäuel aus der Hand gerissen.
Einen Augenblick lang waren alle Kinder sprachlos. Dieses kleine Mädchen wagte es, dem großen Jungen das Spielzeug wegzunehmen! Würde er sich das gefallen lassen? Und was würde der starke Anton dazu sagen? Gespannt traten die Kinder näher. Die hinteren stellten sich sogar auf die Zehenspitzen, um besser sehen zu können.
Der Viertkläßler war ein gutmütiger Junge. »Na, dann nimm deine Puppe!« meinte er lachend und trat auf die Seite.
Um so wütender aber war Anton. Er stellte sich dem kleinen Mädchen zornschnaubend in den Weg.
»Was, du wagst es, unser schönes Spielzeug wegzu-

nehmen?« keifte er. »Die Puppe ist mein Eigentum. Alle haben es gesehen!«
Er wandte sich an die übrigen Kinder.
Obwohl viele ahnten, daß das Wollknäuel nicht ihm gehörte, wagten sie nicht zu widersprechen. Sie fürchteten sich vor dem starken Jungen. Luise aber hatte keine Angst.
Wenn sie auch beim Zuspätkommen zitterte – von frechen Jungen ließ sie sich nicht bange machen.
»Ach so! Du spielst wohl noch mit Puppen!« spottete sie.
Da mußten die Umstehenden lachen.
Anton wurde rot vor Zorn. »Was, Puppen!« schrie er. »So ein schwarzes, dreckiges Ding möchte ich nicht einmal geschenkt haben!«
»Dreckig hast nur du sie gemacht!« rief Luise. »Und schenken würde ich sie dir sowieso nicht!«
Wieder grinsten einige. Und Brigitte rief: »Recht so, Luise! Er spielt sich nur auf, weil er glaubt, daß er der Stärkste in der Klasse ist! Und überhaupt ist es eine Gemeinheit, anderen Kindern etwas wegzunehmen!«
Anton wurde fuchsteufelswild.
Er merkte, daß die meisten Kinder dem Mädchen recht gaben. Da riß er Luise mit einer plötzlichen Bewegung die Puppe aus der Hand.
»Hoho«, höhnte er, »hier ist dein Spielzeug, hole es dir, wenn du kannst!« Er hielt Munkelchen mit gestrecktem Arm hoch, unerreichbar für das kleine Mädchen.
Aber er kannte Luise nicht. Wenn sie einmal wütend wurde, war nicht mit ihr zu spaßen. Und jetzt war sie wütend. Ihr liefen sogar die Tränen über die Backen. Aber nicht aus Angst. Nein! Vor Wut begann sie zu heulen.

Und dann fuhr sie dem frechen Anton plötzlich mit allen zehn Fingern ins Gesicht.
Ihre Fingernägel zerkratzten ihm die Backen. Seine Nase begann jämmerlich zu bluten. Darauf war der große Junge nicht gefaßt. Vor Schreck taumelte er einen Schritt zurück. Weil aber hinter ihm Kinder standen, stolperte er und fiel längelang hin, gerade vor die Füße der dicken Brigitte. »Haha!« lachten die Kinder schadenfroh.
Und Brigitte nahm – weil sie gerade nichts Besseres zu Hand hatte – die Kakaotüte und stülpte sie dem frechen Jungen über den Kopf.
Wie jämmerlich sah er nun aus!
Sein Pullover war zerrissen. Das Blut tropfte ihm aus der Nase.
Der Kakao floß ihm über das Haar und in die Augen.
Die Umstehenden wollten sich halbtot lachen. Denn eigentlich gönnten sie dem frechen Kerl die Prügel.
Brigitte aber lief davon, so schnell sie konnte. Sie wollte Fräulein Stichling holen. Denn sie ahnte, daß die Geschichte sonst nicht gut ausgehen würde.
Die Lehrerin hatte schon gemerkt, daß im Schulhof etwas nicht stimmte. Mit raschen Schritten eilte sie herbei.
»Natürlich der Anton!« schimpfte sie, als sie den Jungen liegen sah. »Mit wem hast du denn heute wieder gerauft?«
Wie staunte sie aber, als sie hörte, daß Luise die Übeltäterin war.
»Luise, was ist denn in dich gefahren? Du bist doch sonst ein braves Mädchen!« wunderte sie sich.
Sie kannte die Welt nicht mehr. Wenn ihr jemand erzählt hätte, er wäre von einem Marsmenschen zum

Mensch-ärgere-dich-nicht-Spielen eingeladen worden, wäre sie auch nicht mehr überrascht gewesen.
Luise gab der Lehrerin keine Antwort. Sie konnte ihr gar keine geben. Sie hatte die kleine, schwarze Puppe vom Boden aufgehoben und drückte sie fest an sich. Und sie heulte ganz schrecklich dabei. Diesmal nicht aus Wut. Und auch nicht aus Angst. Sie wußte selbst nicht, warum.
Es war auch gar nicht nötig, daß Luise auf die Fragen der Lehrerin antwortete. Denn das besorgte die dicke Brigitte für sie. Und sie tat es so vorzüglich, daß auch wirklich kein bißchen Schuld an der Freundin hängenblieb.
»Das habe ich gern! Anderen Kindern die Spielsachen wegnehmen! Und kleine Mädchen verhauen!« sagte Fräulein Stichling entrüstet, als sie sich Brigittes Bericht angehört hatte.
»Anton, du bekommst eine ganz gehörige Strafarbeit!«
Und dann schnappte sie den Jungen am Kragen und schob mit ihm ab ins Klassenzimmer.
Die Kinder schauten den beiden nach.
»Das hast du gut gemacht!« meinte Brigitte und klopfte Luise auf die Schulter.
»Die Prügel hat er ja wirklich verdient«, fügte der Junge aus der vierten Klasse hinzu.
Und die anderen Kinder gaben ihm völlig recht.

IM FÜNFZEHNTEN KAPITEL

hält Luise eine Strafpredigt. Ein Gespenst wird gründlich gewaschen, und die dicke Brigitte wundert sich

Als Luise von der Schule heimkam, mußte sie ihrer Mutter beim Tischdecken helfen. Frau Siebenfritz und ihre Tochter aßen alleine, weil Vater heute im Prater blieb und in einer nahe gelegenen Kantine speiste. Es gab Hackbraten mit Kartoffelsalat.
Dann spülte sie noch schnell das Geschirr und rannte schließlich die Treppe hinunter. Wenige Augenblicke später stand sie im Hof und tat, wie sie meinte, etwas sehr Wichtiges und Notwendiges. Sie hielt ihrer kleinen Puppe eine Strafpredigt.
»Du bist ein ausgemachter schwarzer Besen!« sagte sie. »Was du bisher alles angestellt hast, das geht auf keine Kuhhaut! Zuerst bringst du eine ganze Straßenbahn durcheinander und meine Mama in arge Verlegenheit. Dann werde ich wegen dir von Vater ausgeschimpft und setze mich vor Schreck auf Mamas neuen Hut! Ausgerechnet auf ihren neuen, grauen Hut, jawohl!«
Luise marschierte vor dem Puppenwagen auf und ab und wurde immer wütender. Dabei machte sie ein Gesicht wie ein Oberlehrer, der soeben erfahren hat, daß die Schule abgebrannt ist.
»Dann«, rief sie, »werde ich von Fräulein Stichling ausgeschimpft. Deinetwegen habe ich mich mit dem frechen Anton gestritten. Deinetwegen mußte ich ihn ver-

hauen. Na ja, verdient hat er es!« Luise dachte einen Augenblick nach. Da fiel ihr etwas ein.
»Aber Strafe muß sein!« sagte sie bestimmt. »Und zur Strafe wirst du jetzt – gewaschen! Jawohl!«
Sie eilte in die Wohnung hinauf. Sie wußte, daß ihre Mutter mittlerweile zum Prater gegangen war.
Schon war sie im Bad, hatte sich die Seife geschnappt, und dann wurde Munkelchen abgeschrubbt, daß ihm Hören und Sehen verging.
Nun gibt es für Gespenster nichts Abscheulicheres, als gewaschen zu werden. Und noch dazu mit Seife! Das ist so ziemlich das Schlimmste, was einem ehrenwerten Gespenst passieren kann. Eine Weile hielt sich Munkelchen trotzdem recht tapfer. Es hatte die Augen fest zusammengekniffen und die Luft so tief angehalten, daß man meinte, es müsse jeden Augenblick platzen. Bis ihm der Seifenschaum in die Nase kam. Da war es mit der Selbstbeherrschung des Gespenstes aus.
Munkelchen holte dreimal tief Luft, zappelte ein paarmal mit den Armen und sagte: »Haptschie!«, laut und deutlich: »Haptschie!«
Fast hätte Luise die Puppe vor Schreck in die Badewanne fallen lassen.
»Oho! Was ist denn das?« rief sie erstaunt. »Seit wann kann denn eine Puppe sprechen?«
Munkelchen hatte sich aufgesetzt, hob ihr beschwörend die Arme entgegen und rief: »Bitte, bitte, nicht mehr waschen! Ich bekomme einen fürchterlichen Schnupfen! Schnell, schnell, abtrocknen!«
»Na, so was!« brummte Luise.
Ihre Puppe war lebendig geworden. Das war ihr auch noch nie vorgekommen.
Sie holte das Handtuch und begann, das schwarze

Wesen abzureiben. Dabei schüttelte sie immer wieder den Kopf und sagte zu sich: »Träum' ich oder wach' ich? Träum' ich oder wach' ich? Augenblick mal, ich muß mich schnell in den Arm kneifen!«

Sie stellte Munkelchen auf den Boden und kniff sich in den Arm. Es tat weh – also schien sie nicht zu träumen. Das gab ihr die Fassung zurück.

Sie stand auf und musterte das kleine Gespenst mit einem scharfen Blick: »Wieso bist du lebendig geworden? Da muß ich doch um eine Erklärung bitten!«

Munkelchen merkte, daß ihm Totstellen nichts mehr half. Außerdem schien es das kleine Mädchen nicht böse zu meinen.

»Gestatte, daß ich mir das Handtuch umhänge! Mich friert!« sagte das Gespenst. Ihm klapperten schon ein wenig die Zähne. »Übrigens ist es mir lieber, wenn wir ins Wohnzimmer gehen, dort ist es wärmer!«

Bald darauf saßen Luise und das kleine Gespenst miteinander auf dem Sofa im Wohnzimmer. Munkelchen hatte sich ganz fest in das Handtuch gewickelt und erzählte. Es berichtete alles, was es bisher erlebt hatte. Die Augen des Mädchens wurden vor Staunen immer größer.

Da läutete die Hausglocke, dreimal kurz und dreimal lang. »Das ist Brigitte!« rief Luise und sprang auf. Sie erinnerte sich, daß die dicke Brigitte versprochen hatte, sie heute zu besuchen. Sie eilte zur Türe und ließ das Mädchen herein. »Meine Freundin Brigitte«, sagte sie zu Munkelchen, das reglos auf dem Sofa hockte.

»Seit wann wird man deinen Puppen vorgestellt?« wollte Brigitte gerade fragen. Da machte Munkelchen den Mund auf und sagte: »Guten Tag!«

Brigitte setzte sich vor Schreck. Zum Glück stand

zufällig ein Stuhl hinter ihr, sonst hätte sie sich auf den Fußboden gesetzt.
Luise lachte. »Keine Bange!« rief sie vergnügt. »Meine Puppe, mußt du wissen, ist gar keine Puppe!«
Brigitte sah abwechselnd ihre Freundin und Munkelchen an.
Sie verstand gar nichts.
Da flüsterte ihr Luise geheimnisvoll ins Ohr: »Meine Puppe ist in Wirklichkeit – ein Gespenst!«
»Ein Gespenst?« fragte Brigitte. Wenn sie nicht selbst gehört hätte, daß die Puppe sprechen konnte, hätte sie die Freundin für verrückt erklärt.
»Ja, ein Gespenst, das seine Zahnlücke sucht!« erklärte Luise wichtig.

IM SECHZEHNTEN KAPITEL

erfahren wir, daß man vom vielen Nachdenken Durst bekommen kann. Zwei Mädchen beschließen, eine Zahnlücke zu kaufen

Munkelchen erzählte seine Geschichte noch einmal von vorne. Das dicke Mädchen staunte genauso, wie vorher Luise gestaunt hatte.

Als das kleine Gespenst den Bericht beendet hatte, schüttelte Brigitte lange den Kopf. »Tz, tz, tz!« sagte sie und pfiff durch die Zähne. »Und du hast bis jetzt noch keine Spur von der Zahnlücke gefunden?«

»Wie sollte ich denn«, meinte Munkelchen, »wenn ich zuerst in einer Mülltonne eingesperrt und anschließend herumgeschleppt werde!«

Luise widersprach: »Ich habe niemanden herumgeschleppt, sondern dich immer sehr sanft behandelt!«

»Ja, besonders beim Waschen!« Munkelchen schüttelte sich noch einmal ausgiebig.

»Streitet euch nicht«, unterbrach Brigitte die beiden, »denkt lieber nach, wie wir die Zahnlücke finden können!«

»O ja, die Zahnlücke!« rief Munkelchen. »Meine schöne Zahnlücke. Mit der ich so wundervoll pfeifen kann!«

Das kleine Gespenst hatte sich auf das Kissen gestellt und hopste darauf herum.

Die Mädchen dachten nach.

Als sie lange genug nachgedacht hatten, meinte Luise:

»Puh, ist das anstrengend! Davon bekommt man einen richtigen Durst, findet ihr nicht auch?« Sie ging zum Kühlschrank und holte die Sprudelflasche. »Willst du auch ein Glas?« fragte sie Munkelchen.
»Zum Waschen? Nöö!« rief das Gespenst, das nicht aufgepaßt hatte.
»Nein, zum Trinken. Du mußt dich aber vorher anständig an den Tisch setzen!«
Munkelchen setzte sich brav an den Tisch.
»Das kocht ja über!« rief es auf einmal erschrocken, weil der Sprudel aus der Flasche schäumte. »Paßt auf, daß ihr euch nicht die Finger verbrennt!«
»Übrigens fällt mir etwas ein!« sagte Brigitte.
»Was denn?« Luise hob den Kopf.
»Mein Opa hat eine Zahnlücke. Eine prima Zahnlücke, direkt da vorne!« Brigitte deutete mit dem Finger auf ihre Schneidezähne.
»Und du meinst, er würde sie hergeben?«
»Nö!« Das Mädchen schüttelte den Kopf. »Die braucht Opa selber. Er klemmt nämlich immer die Pfeife darin fest!«
Munkelchen und Luise machten enttäuschte Gesichter.
Aber Brigitte hatte schon wieder eine Idee. »Hurra, ich hab's! Hurra, ich hab's!« rief sie, zog Munkelchen zu sich heran und hob es ein paarmal hoch in die Luft.
»Aufhören! Aufhören!« zeterte das Gespenst, dem ganz schwindelig wurde.
»Du machst es aber spannend«, seufzte Luise.
Brigitte senkte geheimnisvoll die Stimme. »Wißt ihr, wo mein Opa die Zahnlücke bekommen hat, und wo man sicher noch andere kaufen kann?«
»Na, wo denn?« fragte Munkelchen ungeduldig.
»Beim Zahnarzt!« antwortete das Mädchen.

Luise schlug mit der flachen Hand auf den Tisch. »Natürlich!« rief sie. »Daß wir nicht gleich darauf gekommen sind! Der Zahnarzt bohrt in den Zähnen, der Zahnarzt zieht die Zähne, der Zahnarzt setzt neue Zähne ein – also kann er auch Zahnlücken verkaufen. Das ist doch selbstverständlich!«
»Und morgen, gleich nach dem Mittagessen, gehen wir zum Zahnarzt!« verkündete Brigitte.
»Abgemacht!« sagte Luise.
»Abgemacht!« quietschte Munkelchen und hüpfte wie ein Gummiball auf dem Sofa herum.

IM SIEBZEHNTEN KAPITEL

erlebt Herr Kalendertag eine böse Überraschung und reißt beinahe seine Krawatte ab. Eine dicke Dame möchte sich dringend beschweren

Als Herr Kalendertag, der Besitzer der Geisterbahn, sich am Montagmorgen die Zähne putzte, schlenderten draußen bereits die ersten Spaziergänger durch den Prater. Sie wollten den schönen Tag genießen. Manche führten auch bloß ihren Hund spazieren. Herr Kalendertag band sich mit eleganten Bewegungen eine Krawatte um. Heute wollte er sich besonders fein machen. Es war schließlich Montag. Und die Woche muß man festlich beginnen.

Während er den schwarzen Frack überstreifte, waren vor der Kasse schon erwartungsvoller Lärm und lautes Kinderlachen zu hören.

Ach ja, das Waisenhaus hatte sich angemeldet! Fräulein Rautendelein, die Leiterin, trippelte bereits ungeduldig hin und her.

Schnell eilte Herr Kalendertag – nicht ohne noch einen eiligen Blick in den Spiegel geworfen zu haben – nach draußen und öffnete die Kasse. Er setzte sein strahlendstes Lächeln auf. »Guten Morgen, meine kleinen Damen und Herren!« begrüßte er die Kinder.

»Fünfzehn Kinder und ein Erwachsener«, verlangte Fräulein Rautendelein und steckte ihren Kopf zum Schalterfenster herein, hinter dem sich der Direktor niedergelassen hatte und die Karten zählte.

»Zwei Erwachsene«, sagte ein Herr mit schwarzem Hut, der gerade hinzukam.
»Kriege ich auch noch eine Karte? Geht doch mal zur Seite, Kinder!« flötete in diesem Augenblick eine kleine, dicke Dame, fuchtelte mit ihrem Regenschirm in der Luft herum und drängelte sich neben den Herrn mit dem Hut.
»Immer der Reihe nach!« rief Herr Kalendertag und dachte bei sich: Wenn der Andrang weiter so stark ist, mache ich ein prima Geschäft! Dann trat er vor das Kassenhäuschen.
Während der Direktor das Tor aufschloß und die Wagen herausschob, ahnte er noch nichts.
Was sollte er auch ahnen? Viele tausend Male hatte er es schon so gemacht. Und nie war etwas schiefgegangen.
Die ersten Kinder stiegen in den Wagen. Herr Kalendertag schaltete den Motor ein, der alles antrieb, dann gab er dem Fahrzeug einen Schubs. Schwupp – war das Gefährt durch das große Flügeltor gerollt und im Inneren der Geisterbahn verschwunden.
Herr Kalendertag schaute ihm gedankenvoll nach. Irgend etwas stimmte doch da nicht!
Ah – jetzt fiel es ihm ein. Der Pfiff fehlte! Wenn die Türen aufgingen, mußte es pfeifen. Sicher hatte Munkelchen verschlafen! Der Direktor nahm sich vor, später einmal nachzusehen.
Er zog sein weißes, besticktes Taschentuch aus dem Jackett und wischte sich den Schweiß von der Stirn.
Die Kinder, die eben eingetroffen waren, schauten ganz enttäuscht drein und tuschelten mit den anderen, die noch draußen warteten.
Was war da los?

Sonst kamen die Leute immer mit fröhlichen, lachenden oder auch erschrockenen Gesichtern aus der Geisterbahn. Drinnen war gewöhnlich ein lustiges Rumoren, Lachen und Schreien. Aber heute?

Nur das traurige Poltern der Wagen hörte man. Nur gelangweilte Gesichter standen um Herrn Kalendertag herum.

Der Besitzer der Geisterbahn konnte sich das nicht erklären.

Er wischte sich einen dicken Schweißtropfen von der Stirn und schob mit mechanischen Bewegungen die nächsten Wagen an.

Mittlerweile war auch Fräulein Rautendelein wieder draußen angekommen. »Hören Sie, Herr Direktor«, rief sie, »ich muß Sie einmal sprechen!«

Herr Kalendertag beachtete sie nicht. Er schob und schob und begann immer mehr zu schwitzen.

Fräulein Rautendelein aber ließ nicht locker.

»Ich muß darauf bestehen«, tönte ihre schrille Stimme, »daß Sie mir antworten!«

Jetzt war auch der letzte Wagen mit dem schwarzbehuteten Herrn abgefahren. Herr Kalendertag richtete sich auf und sah in Fräulein Rautendeleins wütendes Gesicht.

Es war ganz rot geworden, und die Nase schien noch etwas spitzer als gewöhnlich.

»Ich verlange, daß Sie mir das Geld zurückgeben!« zeterte sie und putzte vor Aufregung ihre Brille zum fünften Male. »Ich finde es schäbig, Waisenkinder auf solche Weise zu berauben!«

Die kleine, dicke Dame drängte sich neben die aufgebrachte Erzieherin und fuhr mit dem Regenschirm durch die Luft: »Für unser gutes Geld können wir

schon etwas erwarten! Aber was bieten Sie uns in Ihrer langweiligen Geisterbahn? Nichts! Rein gar nichts! Ich werde mich beschweren! Beim Gewerbeamt! Bei der Polizei! Beim Finanzamt! Beim Meldeamt!« Die dicke Dame japste nach Luft.
Einige größere Kinder hatten sich zusammengestellt und riefen im Sprechchor: »Schiebung! Schiebung!«
Herr Kalendertag war ganz bleich geworden und zerrte vor Aufregung und Schreck an seiner Krawatte herum.
»Ich weiß nicht, was Sie wollen, meine Herrschaften«, stotterte er, »ich bin ein ernsthafter Geschäftsmann . . .«
»Haha, ernsthafter Geschäftsmann«, höhnte der Mann mit dem schwarzen Hut, dessen Wagen soeben draußen angekommen war. »Reinen Betrug nenne ich das, reinen Betrug!«
»Gefällt Ihnen etwas an meinen Gespenstern nicht?« Herr Kalendertag wurde immer nervöser. »Haben sie sich ungebührlich benommen?«
»Ach was, Gespenster!« brummte der Herr. »Die existieren wohl nur in Ihrer Einbildung!«
Einige Kinder lachten.
»Zeigen Sie uns mal die Gespenster!« rief ein dicker Junge. Und sein Nachbar schrie: »Das Gespenst sind Sie wohl selber!«
Fast hätte Herr Kalendertag vor Schreck seine Krawatte abgerissen. Er wurde so bleich wie ein Schmelzkäse. Dann drehte er sich um und rannte in die Geisterbahn hinein.
»Er läuft davon!« johlten die Kinder.
»Geben Sie unser Geld zurück!« verlangte Fräulein Rautendelein mit schriller Stimme.
Aber Herr Kalendertag hörte nichts mehr.

IM ACHTZEHNTEN KAPITEL

tritt wieder die Ururoma auf. Herr Kalendertag entgeht mit Mühe einer fauligen Tomate und wird anschließend ausgequetscht wie eine Zitrone

Der Besitzer der Geisterbahn stolperte über Schienen, Holzbohlen, Kisten und Blecheimer. Fast wäre er hingefallen. Dann schaute er sich um. Wo war Munkelchen? Und dort in der Ecke müßte der Eisgraue stehen und seinen Kopf abnehmen.

Aber es war niemand zu sehen.

Herr Kalendertag tastete sich weiter.

Der dunkle Gang führte schräg nach oben. Wo steckte Pollux mit den roten Augen? Auch er war verschwunden.

»Schabernack! Echo-Eule!« rief der Direktor verzweifelt.

Er bekam keine Antwort.

Denn die Gespenster waren ja nicht da. Und wenn jemand nicht da ist, kann er auch nicht antworten.

Als Herr Kalendertag quer durch die ganze Geisterbahn gehastet war, lief er rufend und suchend wieder zurück. Dann drehte er sich um und machte den ganzen Weg noch einmal von vorn. Nachdem er auch diesmal nichts gefunden hatte, setzte er sich auf einen umgestülpten Eimer und dachte nach.

Er dachte so angestrengt nach, daß er sogar das Klappern überhörte, das ihm gegenüber aus der Ecke ertönte.

Aber dann bemerkte er es doch. »Uroma, bist du's?« rief er und wischte sich den Schweiß von der Stirne.
»Ururoma bitte! Zwei Ur!« sagte die Ururoma gähnend. Denn sie hielt sehr viel auf ihr Alter. Das konnte sie sich schließlich leisten.
Herr Kalendertag sprang auf. »Sag mir doch, was ist hier los? Wo sind die anderen Gespenster?« erkundigte er sich aufgeregt.
»Ach so«, meinte die Ururoma und gähnte wieder, »deshalb sausen Sie hier herum wie ein geölter Blitz und wecken mich aus meinem wohlverdienten Morgenschlaf. Na, das kann ich Ihnen erzählen.«
Und nachdem sie ein wenig mit den Knochen geklappert hatte – das war ihre Morgengymnastik –, berichtete sie Herrn Kalendertag die ganze Geschichte, oder fast die ganze Geschichte. Denn viel Zeit hatte sie nicht dazu.
Vor der Geisterbahn waren bereits eine Menge Leute zusammengelaufen. Sie schrien alle miteinander: »Wir wollen den Besitzer sehn! Wir wollen den Besitzer sehn!«
Freundlich klang das Rufen nicht. Und es wurde immer lauter. Am Schluß war es so laut, daß sogar die Türen der Geisterbahn auf- und zuklappten.
Herr Kalendertag eilte hinaus. Ihm schlotterten ein wenig die Knie, als er vor die aufgebrachte Menschenmenge trat.
Tatsächlich klatschte neben ihm eine faulige Tomate auf den Boden. Ein Junge hatte sie geworfen.
Aber dann klatschte es gleich noch einmal. Denn Fräulein Rautendelein duldete keine solchen Flegeleien.
Herr Kalendertag entschuldigte sich höflich bei den Umstehenden. »Es tut mir schrecklich leid«, sagte er.

Aber seine Gespenster seien in einen unvorhergesehenen Ausstand getreten, sozusagen in einen Gespensterstreik.
Darum bekämen alle Anwesenden natürlich ihr Eintrittsgeld zurück. »Warum nicht gleich?« meinte der Herr mit dem schwarzen Hut.
Ein anderer Herr mit einer dicken Brille lachte. Er war von der Zeitung und freute sich, weil er wieder Stoff für einen Artikel bekam.

»Das gehört sich auch so!« rief Fräulein Rautendelein.
Die Menschen beruhigten sich.
Dann zahlte Herr Kalendertag dem Mann mit dem schwarzen Hut und der dicken Dame mit dem Regenschirm und Fräulein Rautendelein das Eintrittsgeld zurück.
Langsam verliefen sich die Leute.
Dann war der Platz vor der Geisterbahn leer oder fast leer.
Zwei Personen standen immer noch da.
Die eine Person war Herr Kalendertag.
Die andere Person auf dem Platz war der Herr mit der Brille. Er hatte einen Schreibblock aus der Tasche gezogen und sich Notizen gemacht. Jetzt klappte er den Block mit einem Knall zu und schaute sich um. Dabei sah er den Direktor am Kassenhäuschen lehnen.
»Großartige Sache«, rief er freudig, lief zu Herrn Kalendertag und schlug ihm auf die Schulter. »Sie sind doch der Besitzer der Geisterbahn? Darf ich einige Fragen an Sie stellen?«
Herr Kalendertag blickte auf.
»Gestatten, Schnell ist mein Name. Reporter Schnell vom Wiener Kurier«, sagte der Mann mit der Brille. »Ihre Geister sind in Streik getreten, was? Das gibt einen großartigen Artikel in meiner Zeitung. Sagen Sie, welchen Grund hatten denn die Gespenster? War die Bezahlung zu knapp?«
Anfangs zeigte sich Herr Kalendertag nicht sehr gesprächig. Traurige Leute reden nicht gern. Aber Herr Schnell war wie eine Zitronenpresse. Er quetschte ihn vollkommen aus.

IM NEUNZEHNTEN KAPITEL

trinken zwei Männer einen selbstgebrauten Kaffee, Herr Schnell behauptet, ein Hornochs zu sein, und dann beschließt man, eine Zeitungsanzeige aufzugeben

Als der Geisterbahnbesitzer seine Geschichte erzählt hatte, zeigte sich Reporter Schnell von einer ganz unerwarteten Seite: Er wollte Herrn Kalendertag helfen.
Dazu setzten sich die beiden Männer in das Kassenhäuschen.
Der Direktor hängte zuvor ein Schild an die Geisterbahn: Wegen Betriebsurlaub geschlossen!
Und dann braute er einen schwarzen Kaffee auf seiner Elektroplatte.
»Hören Sie, Herr Kalendertag, wollen Sie nicht die Polizei verständigen und die Gespenster suchen lassen?« fragte Herr Schnell und nahm einen Schluck aus seiner Tasse.
Der Geisterbahnbesitzer blickte hoffnungsvoll auf. »Polizei? Das ist ein guter Gedanke! Die Polizei, dein Freund und Helfer! Aber glauben Sie, daß die Polizei sich bereitfinden wird, Gespenstern nachzuspüren?«
»Hm«, brummte Herr Schnell nachdenklich, »eigentlich kaum anzunehmen. Ja, wenn es richtige Menschen wären! Entlaufene Kinder oder so. Aber Gespenster . . .?«
Herr Kalendertag ließ wieder den Kopf hängen.
Doch der Reporter gab nicht so schnell auf.

»Nur Mut, Herr Geisterbesitzer«, sagte er munter und zündete eine Zigarette an. »Wir werden schon einen Ausweg finden!« Plötzlich schlug er sich mit der flachen Hand an die Stirne, daß es klatschte, und rief: »Bin ich ein Hornochs!«
»Wirklich?« fragte der Direktor.
»Daß mir der Einfall nicht früher gekommen ist! Herr Kalendertag, wir sind gerettet! Das Problem ist so gut wie gelöst!«
Der Geisterbahnbesitzer schaute ihn verständnislos an.
Der Reporter fuhr fort: »Ich schreibe also für Zeitungen. Wovon aber kann man in den Zeitungen lesen?«
»Von Sportveranstaltungen«, sagte der Direktor.
»Und?«
»Und von Politik. Und von Einbrüchen und Überfällen.«
»Und?« bohrte der Reporter weiter. Es war fast wie beim Zahnarzt.
»Und von Wirtschaft und von Kindergarteneinweihungen und von Ordensverleihungen und von was weiß ich. Und wenn Sie mir nicht bald Ihren glanzvollen Einfall verraten, platze ich auf der Stelle. Ich bin schon ganz dick vor Neugierde«, rief der Direktor und öffnete den obersten Knopf seiner Jacke.
»Das ist nur, weil Sie immer das Wichtigste vergessen«, belehrte ihn Herr Schnell. »Das Wichtigste in einer Zeitung sind nicht die Berichte, sondern die Annoncen und Anzeigen.«
»Na, und?« Herr Kalendertag verstand noch nicht, was der Reporter von ihm wollte.
»Sie haben aber eine lange Leitung, Herr Beistergahn – äh – Geisterbahnbesitzer«, wunderte sich der Reporter.
»Danke für das Kompliment!«

Der Direktor nickte höflich mit dem Kopf.
»Passen Sie auf!« fuhr Herr Schnell fort. »Wir setzen einfach eine Anzeige in die Zeitung: Gespenster gesucht! Oder so ähnlich. Und dann lassen wir eine genaue Beschreibung der Geister folgen.«
»Das ist keine dumme Idee«, meinte der Direktor anerkennend.
»Na, sehen Sie!« Der Reporter machte ein zufriedenes Gesicht. »Natürlich müssen wir auch eine Belohnung aussetzen. Wieviel würden Sie geben?«
»Genügen fünftausend Schilling?« erkundigte sich Herr Kalendertag.
»Sagen wir zehntausend«, schlug der Reporter vor. Dann eilte er fort, um ein Telefongespräch zu führen.
»Es klappt großartig!« sagte er, als er zurückkam. »Ich habe durchgesetzt, daß man die Anzeige schon in der nächsten Ausgabe bringt. Morgen früh weiß es die ganze Stadt!«
Herr Kalendertag aber ging zur Geisterbahn hinüber, wo das Schild hing: »Wegen Betriebsurlaub geschlossen«. Er betrachtete es eine Weile nachdenklich.
Dann stapfte er wieder zurück, holte einen Topf mit schwarzer Farbe und einen Pinsel und fügte dem Geschriebenen noch ein Wort hinzu.
Die Leute, die stehengeblieben waren und ihn beobachteten, konnten jetzt lesen:

IM ZWANZIGSTEN KAPITEL

möchte Pollux die Donau austrinken, und die Echo-Eule entdeckt zur allgemeinen Freude eine Eisdiele

Während Herr Kalendertag noch schlief und nichts von den schrecklichen Ereignissen ahnte, die ihn am Montagvormittag erwarten sollten, regten sich am Schlafplatz der Gespenster bereits die Vorboten des beginnenden Tages.

Die ersten Straßenbahnen fuhren, und das Dröhnen ihrer Räder war bis in den Prater herein zu hören. Irgendwo in der Nähe flötete eine Amsel. Bald darauf begannen die Spatzen ihr schrilles Konzert.

Die Echo-Eule war aufgewacht. Sie breitete die mächtigen Schwingen aus und segelte lautlos zur Erde hinab.

»Was unternehmen wir jetzt? Was unternehmen wir jetzt?« krächzte sie.

»Natürlich suchen wir weiter nach der verlorenen Zahnlücke und den beiden Hüten!« stellte der Eisgraue fest. »Schließlich wollen wir Munkelchen helfen!«

Unternehmungslustig zogen die vier Gespenster los. Sie suchten die einsamsten Wege aus und waren sehr leise, damit niemand sie sehen und erkennen konnte.

Inzwischen war es völlig hell geworden. Die ersten Frühaufsteher machten ihren Morgenspaziergang durch den Prater.

Eine alte Frau saß auf einer Bank und fütterte die Vögel.

Ein Herr mit einer dunklen Brille führte seinen Hund an die frische Luft.
An der Ecke stand ein Zeitungsverkäufer. »Die Morgenpost! Kaufen Sie die Morgenpost!« rief er.
Mehr als einmal sahen die Gespenster Herren mit grauen Hüten. Aber es war immer nur ein Herr. Und er trug immer nur einen Hut.
Die Mittagszeit rückte näher, und die Zahl der Menschen im Prater wurde größer: Radfahrer, Spaziergänger, Zeitungsverkäufer, Liebespaare, Mütter mit Kinderwagen und Straßenkehrer, die Abfallkörbe ausleerten.
Wenig später hatten die Gespenster den Prater verlassen. Sie schlichen durch enge Gassen, wo sich Katzen herumbalgten, schmutzige Kinder mit Konservendosen Fußball spielten und Wäsche zum Trocknen vor den Fenstern hing. Dann wieder überquerten sie breite Fahrbahnen, auf denen Kolonnen von Autos, Omnibussen und Lastwagen dahinbrausten. Pollux ließ die Ohren hängen und zog furchtsam den Schwanz ein. »Hoffentlich werden wir nicht überfahren!« jammerte er.
Der Eisgraue beruhigte ihn. »Die Ampeln schützen uns. Wenn wir bei Grün über die Straße gehen, kann gar nichts passieren!«
Auf einmal standen sie am Ufer eines mächtigen Stromes. »Das ist die Donau!« stellte der Alte fest.
Pollux knirschte vor Staunen mit den Zähnen. »So viel Wasser! So viel Wasser! Glaubt ihr, daß ich den Fluß in tausend Jahren austrinken kann?«
»Untersteh dich!« rief Schabernack erschrocken. »Wo sollen dann die Schiffe fahren?«
Der Abend brach an, und noch immer hatten die

Gespenster keine Spur von der Zahnlücke gefunden. Mit hängenden Köpfen trotteten sie zum Prater zurück. (Die Echo-Eule leitete sie von oben, sonst hätten sie sich gewiß verirrt.)
»Ich bin kein Freund von langen Erkundungsgängen!« seufzte Pollux niedergeschlagen. »Blasen an den Füßen, ein verstaubtes Fell, eine durstige Kehle, ein leerer Bauch, müde Knochen – das reinste Hundeleben!« Das arme Gespenst ließ die Zunge weit aus dem Mund hängen und verdrehte die Pupillen. Gewiß wäre es im nächsten Moment in Ohnmacht gefallen, wenn nicht plötzlich die Echo-Eule auf der Schulter des Eisgrauen gelandet wäre. Mit lautem Krächzen verkündete sie: »Falls mich meine Augen nicht trügen, befindet sich vor uns eine Eisdiele!«
»Oh, Eisdiele!« stöhnte Pollux entzückt. Seine Müdigkeit war im Handumdrehen verflogen. Das Wasser lief ihm im Munde zusammen, wenn er an seine Leibspeise dachte.
»Was sollen wir in einer Eisdiele?« wollte der Alte wissen. »Sind dort die gesuchten Hüte?«
»Nein«, antwortete die Echo-Eule und blinzelte mit den Augen. »Aber ich sehe viele Eisbecher auf den Tischen stehen. Mit gelbem Vanilleeis und rotem Erdbeereis und grünem Pistazieneis und viel Schlagsahne. Schlagsahne!«
»Oh, oh!« seufzte Pollux und war schon fast nicht mehr zu halten. Und weil sie im Zirkus so viel Geld verdient hatten, beschlossen die Gespenster mit drei Stimmen gegen eine (der Eisgraue machte sich nichts aus Gefrorenem), das Lokal aufzusuchen.

IM EINUNDZWANZIGSTEN KAPITEL

verspeist Pollux eine doppelte Portion Speiseeis. Ein weißes Tuch beginnt zu sprechen, und ein Oberkellner fragt sich ernsthaft, ob er den Verstand verloren hat

Der weißgekleidete Ober staunte nicht schlecht über die seltsamen Gäste, die sich zu so später Stunde an einem freien Tisch niederließen.

Da war zuerst ein alter Herr mit langem Bart, der einen weißen Schal umgebunden hatte. Auf dem Stuhl ihm gegenüber nahm ein grauer Hund Platz, schlug die Beine übereinander und legte die Vorderpfoten auf die Tischplatte. Besondere Aufmerksamkeit aber erregte eine große Eule, die sich eine Stuhllehne als Sitzplatz auserkoren hatte und ständig mit den Augendeckeln klapperte.

»Die sind sicher vom Zirkus!« flüsterte der Oberkellner dem Pikkolo zu, der neben ihm an der Theke lehnte. Dann ging er, um die wunderlichen Gäste persönlich zu bedienen.

»Was wünschen der Herr?« fragte er und verneigte sich höflich vor dem Alten.

»Speiseeis mit Schlagsahne!« bestellte der Eisgraue.

»Eine Portion Speiseeis, sehr wohl!« Der Ober notierte es und wandte sich zum Gehen.

Da öffnete die Eule den Schnabel und sagte: »Zwei Portionen!«

Fast wäre dem Mann vor Erstaunen der Bleistift aus

der Hand gefallen. Eine Eule, die sprechen konnte – das war ihm bisher noch nicht vorgekommen. Und er war doch wahrhaftig ein altgedienter Oberkellner!
Er hatte sich noch nicht von seinem Schrecken erholt, da meldete sich der Hund zu Wort.
»Und für mich eine doppelte Portion! Mit besonders viel Schlagsahne!«
Der Ober wurde ein wenig blaß. »Bitte sehr! Bitte sehr!« stotterte er und vergaß sogar, die Bestellung zu notieren. »Zwei einfache Portionen Speiseeis mit Schlagsahne, und eine doppelte Portion Speiseeis mit Schlagsahne, sehr wohl!«
Pollux verbesserte: »Speiseeis mit besonders viel Schlagsahne! Und beeilen Sie sich ein bißchen!«
»Natürlich, natürlich!« stammelte der Mann und verneigte sich wieder.
»Was ist mit mir? Ich möchte auch ein Eis!« sagte plötzlich eine Stimme.
Der Oberkellner glaubte, in den Boden versinken zu müssen. Er war felsenfest davon überzeugt, daß der weiße Schal gesprochen hatte.
Mit weichen Knien drehte er sich um.
»Noch eine Bestellung, und ich werde verrückt!« murmelte er und wankte zur Theke zurück.
»Sie sehen so bleich aus! Was ist Ihnen?« erkundigte sich der Pikkolo besorgt.
»Hast du schon einmal einen Hund gesehen, der sprechen kann?«
Der Bursche schüttelte den Kopf.
»Und eine Eule, die eine Portion Eis bestellt?«
»Natürlich nicht!«
»Und . . . und einen weißen Schal, der . . . reden kann?«
Der Pikkolo sah seinen Chef erschrocken an. Müde

ließ sich der Oberkellner auf einen Stuhl fallen. »Ich glaube, ich muß morgen meinen Hausarzt aufsuchen«, seufzte er.
Die vier Gespenster merkten gar nicht, welche Verwirrung sie stifteten. Mit viel Genuß verzehrten Pollux und die Echo-Eule – sie hatte sich zu diesem Zweck auf die Tischplatte gesetzt – ihre Portionen.
Und weil der Alte kein Speiseeis mochte, stellte er sein Teil ebenfalls Pollux zur Verfügung.
»Heute ist der schönste Tag meines Lebens!« freute sich das graue Gespenst und klappte zufrieden die Zähne zusammen, hinter denen gerade ein Riesenberg Schlagsahne verschwunden war.
»Und wer denkt an mich?« meldete sich Schabernack zu Wort. »Ich muß hier als Schal herumhängen und zusehen, wie ihr das schöne Eis verzehrt!«
»Es geht nicht anders!« beschwichtigte ihn der Alte. »Du darfst deine wirkliche Gestalt nicht zeigen, sonst würde man uns sofort erkennen!«
»Und das Eis? Schließlich ist es mein Eis!«
Schabernack war ganz traurig.
Aber der Alte wußte Rat. Er deckte das weiße Gespenst einfach wie ein Tuch über die Portion.
Neugierig schaute der Pikkolo herüber. Er stand neben einer Säule und hatte die Augen zusammengekniffen, um besser sehen zu können. Nach einer Weile entfernte der Alte das Tuch wieder. Und da war das Eis verschwunden. Der Becher war völlig leer.
Aufgeregt rannte der Bursche zum Oberkellner zurück. »Der Bärtige ist ein Zauberer!« berichtete er atemlos. »Und Bauchreden kann er außerdem. Es ist gewiß nicht der Schal, mit dem er sich unterhält, sondern sein eigener Bauch!«

»Ich habe also nicht geträumt!« Der Oberkellner atmete erleichtert auf. »Und ich dachte schon, ich müsse mich vom Arzt auf meinen Geisteszustand untersuchen lassen!«

Dann zahlte der Eisgraue. Der Kellner sah sich die Geldstücke genau an. Es konnte doch sein, daß ihm die Münzen wieder weggezaubert wurden, bevor er sie einsteckte! Aber nichts dergleichen geschah.

Und als ihm der Alte noch ein großes Trinkgeld gab, war der Mann wieder mit sich und der Welt zufrieden.

Er bedankte sich und machte viele höfliche Verbeugungen. Sogar vor dem grauen Hund, obgleich er nicht genau wußte, ob sich das schickte.

Pollux nickte gnädig mit dem Kopf.

Am Ausgang des Lokals wuchsen sechs oder sieben Hände aus dem weißen Halstuch und winkten freundlich zurück.

Aber der Oberkellner merkte es nicht. Sonst wäre er vielleicht doch noch zum Arzt gegangen.

Wie in der vorhergehenden Nacht nahmen die Gespenster ihre Schlafplätze ein. Sie waren alle rechtschaffen müde. Die Echo-Eule ließ ausnahmsweise beide Augen gleichzeitig schlummern. »Sie haben es verdient!« entschuldigte sie sich bei sich selber. Und Pollux stöberte diesmal keine Ratten und Mäuse auf, sondern lag zusammengekrümmt unter einem Gebüsch und schnarchte, daß die Zweige wackelten.

IM ZWEIUNDZWANZIGSTEN KAPITEL

treten endlich die beiden Zahnlückendiebe auf, lesen – leider – die Zeitung und schmieden einen stockfinsteren Plan

Der Dienstagmittag war vorüber. Langsam leerten sich die Restaurants und Kantinen der großen Stadt. Die Leute auf den Straßen hatten gegessen und sahen satt und zufrieden aus. Die Arbeiter verschwanden hinter den großen Fabriktoren, die Verkäuferinnen eilten lachend und plaudernd in die Geschäfte, und die Sekretärinnen und Inspektoren bevölkerten wieder die Ämter.

In den Büros begannen die Schreibmaschinen zu klappern. Und weil die Sonne schien und die Fenster offenstanden, hörte man das Klappern bis auf die Straße.

Aber nicht alle Leute arbeiteten. Manche waren krank und mußten im Bett liegen. Andere hatten Urlaub und schauten die Stadt an. Und wieder andere standen nur so herum und lasen die Zeitung, wie zum Beispiel die beiden Männer am Pratereingang.

Seltsam sahen sie aus!

Der eine war groß und schlank, hatte einen Schnurrbart und lange, dünne Beine. Er ähnelte einem Storch. Der andere war klein und rundlich, hatte eine dicke Knollennase und glich eher einem Nilpferd.

Beide machten keinen besonders vertrauenerweckenden Eindruck. Etwas aber hätte jeden Eingeweihten stutzig gemacht: Die Männer trugen graue Hüte!

»Zehntausend Schilling zu verdienen! Das wäre was für uns!« brummte soeben das Nilpferd und stippte mit seinem rundlichen Zeigefinger gegen eine Anzeige, die er auf der letzten Seite entdeckt hatte.
»Ach was!« Der Storch machte eine Handbewegung, als ob er eine Fliege verscheuchen wollte. »Arbeiten . . . das hätte mir gerade noch gefehlt!«
»Wer redet denn von Arbeit?« Der dicke Mann schüttelte den Kopf. »Hier, schau die Annonce an! Wir müßten nur ein paar Gespenster finden.«
Es wurde ein Weilchen still, denn die beiden vertieften sich in den Text der Anzeige.

»Gespenster entlaufen!
10 000 Schilling Belohnung!«

war als Überschrift zu lesen. Und dann folgte eine genaue Schilderung der Gesuchten.
»Na, was sagst du dazu, Moritz?« fragte der Mann mit der Nilpferdnase und blickte auf.
Der lange Moritz sagte gar nichts. Er buchstabierte noch an dem Text herum.
»Moment mal!« brummte er schließlich. »Mir kommt es so vor, als ob . . .«
»Hahaha«, lachte der Dicke, »du bist gar nicht so dumm, wie du aussiehst!«
»Keine Beleidigung, Dick!« Der Lange kratzte sich nachdenklich am Hinterkopf. »Sind das nicht die Gespenster in der Geisterbahn, denen du die komische Zahnlücke geklaut hast?«
Dick nickte eifrig.
Seine feisten Backen schwappten auf und nieder wie eine Götterspeise. »Ganz recht!« lobte er. »Und jetzt

siehst du wohl auch ein, daß es goldrichtig war, die Zahnlücke mitzunehmen!«
Die beiden setzten sich auf eine Bank. Der Dicke zündete eine Zigarre an. Und nachdem er sich vergewissert hatte, daß ihnen auch wirklich niemand zuhörte, entwickelte er seine Gedanken. Einen Plan, finster wie die Nacht. Hätte ihn Herr Kalendertag gekannt, so hätte er sich sicherlich gehütet, die Gespenstersuchanzeige in die Zeitung zu setzen. Aber wer konnte das schon wissen . . .

IM DREIUNDZWANZIGSTEN KAPITEL

verschluckt Herr Kalendertag beinahe einen Backpflaumenkern,- bietet jemandem eine Zigarre an und macht eine überraschende Entdeckung

Herr Kalendertag saß am Schalter seines Kassenhäuschens und kaute Dörrobst. »Das beruhigt die Nerven«, sagte er zu sich.

Tatsächlich war er schrecklich aufgeregt. Das Haar umrahmte wie ein wirrer Kranz seine Stirnglatze, die schöne Dienstagnachmittagskrawatte war verrutscht, ein Taschentuch lag zerknüllt auf dem Fußboden.

»Heute ist die Annonce in der Zeitung erschienen. Heute haben die Leute die Suchanzeige gelesen. Hoffentlich nützt sie etwas!« Der Geisterbahndirektor schob eine getrocknete Pflaume in den Mund. Dann sprang er auf und ging in dem kleinen Raum hin und her. Immer drei Schritte hin, drei Schritte her.

»Wenn doch nur Reporter Schnell erscheinen würde!« stöhnte er ungeduldig. »Zumindest könnte er kurz einmal anrufen! Vielleicht hat sich schon ein ehrlicher Finder bei der Redaktion gemeldet. Ich sause hier herum wie ein Kanarienvogel im Käfig und komme mir entsetzlich dumm und überflüssig vor!«

Herr Kalendertag hob das zerknüllte Taschentuch auf und wischte sich den Schweiß von der Stirn. Dann ließ er es gedankenlos wieder fallen.

In diesem Augenblick klopfte es an die Tür.

Der Direktor rief »Herein!« und mußte husten. Fast

hätte er vor Aufregung den Backpflaumenkern verschluckt.
Zwei sonderbare Gestalten traten ein. »Guten Tag, Herr Storch«, wäre es dem Direktor beinahe herausgerutscht, obwohl ihm die Männer völlig unbekannt waren.
Aber der eine sah tatsächlich aus wie ein Storch. Er war groß und dürr und hatte eine lange Nase. Sein Begleiter hingegen hatte eine gewisse Ähnlichkeit mit einem Nilpferd. Seine Nase war breitgedrückt und dick wie eine Kartoffel, und die glänzenden Äuglein bewegten sich flink hin und her.
Dick und Moritz waren gekommen, um ihren finsteren Plan zu verwirklichen.
»Mit wem habe ich die Ehre?« fragte der Direktor und bot den Fremden Stühle an.
»Ich heiße ... paß doch auf, du Hornochse!« sagte der Storch und warf dem Dicken einen wütenden Blick zu. Der hatte ihm nämlich gerade einen tüchtigen Rippenstoß verpaßt.
»Wie bitte?« Herr Kalendertag war ein wenig verwirrt. Jetzt ergriff Dick das Wort.
»Unsere Namen spielen weiter keine Rolle«, meinte er mit einem Zähnefletschen, das ein freundliches Lächeln sein sollte. »Wir sind gekommen, um Ihnen zu sagen, daß wir die Gespenster gefunden haben!«
Das Kinn des Direktors klappte vor Überraschung herunter. »Wie bitte?«
»... die Gespenster gefunden haben!« wiederholte das Nilpferd ein wenig unfreundlicher. Sein Zähnefletschen hätte einem wildgewordenen Langhaardackel alle Ehre gemacht.
»Aber ... aber ... ich bin überglücklich!« stammelte

Herr Kalendertag, der es immer noch nicht fassen konnte.
Mit zitternden Fingern wühlte er in seinem Schreibtisch und kramte eine Zigarrenkiste hervor. »Bitte, bitte, bedienen Sie sich nur!« rief er und reichte den beiden Herren die Schachtel hin. »Wo sind denn die Gespenster?«
»Das tut nichts zur Sache«, knurrte der Dicke und schob die Hand des Langen, die bereits über dem Kistchen schwebte, beiseite.
Er holte sich zuerst eine Zigarre heraus, biß das eine Ende ab und steckte sie in den Mund.
Herr Kalendertag gab ihm Feuer. »Wie haben Sie die Gespenster gefunden?« erkundigte er sich neugierig.
»Das tut auch nichts zur Sache.« Der Dicke winkte ab. »Sie haben doch zehntausend Schilling für das Auffinden Ihrer Ausreißer ausgesetzt, nicht wahr?«
»Ja, natürlich«, bestätigte der Direktor.
»Nun, und dieses Geld wollen wir abholen!«
»Aber . . .«, Herr Kalendertag wurde nachdenklich. Zögernd knabberte er an einem getrockneten Apfelschnitz herum. »Aber . . . wie können Sie mir beweisen, daß Sie tatsächlich im Besitz der Gespenster sind? Sonst – das werden Sie verstehen – kann ich Ihnen das Geld natürlich nicht auszahlen.«
»O weh, was machen wir da?« seufzte Moritz und sah seinen Spießgesellen hilflos an. Würde der feingesponnene Plan fehlschlagen?
Aber der Dicke warf ihm nur einen bissigen Blick zu. Dann wandte er sich wieder mit seinem freundlichsten Gesicht – es ähnelte ein wenig einem Raupenschlepper – an den Direktor: »Selbstverständlich habe ich daran gedacht«, meinte er. Er holte einen kleinen Gegenstand

aus der Tasche und schob ihn in den Mund. Im nächsten Augenblick erschallte ein schriller Pfiff.
»Die Zahnlücke! Sie besitzen Munkelchens Zahnlücke!« rief Herr Kalendertag erfreut.
»Glauben Sie nun, daß wir die Gespenster haben?« fragte Dick.
»Ja, natürlich«, gab der Direktor zu. Er dachte nicht daran, daß die Zahnlücke schon vor dem Auszug der Gespenster gestohlen worden war.
»Nun, so rücken Sie schon raus mit dem Geld!« Moritz war aufgestanden und an Herrn Kalendertag herangetreten. »Oder glauben Sie, wir können stundenlang wegen so ein paar Piepen diskutieren?«
»Wir sind schließlich nur auf der Durchreise!« ergänzte der Dicke.
Dem Direktor erschien das Benehmen der beiden Männer etwas seltsam. Warum wollten sie ihre Namen nicht nennen? Warum hatten sie die Gespenster nicht sofort mitgebracht? Warum erzählten sie nicht, wie die Geister in ihren Besitz gekommen waren?
Wie froh wäre Herr Kalendertag jetzt über die Anwesenheit des Reporters gewesen!
Nachdenklich griff er zu der blauen Blechkassette, in der sich sein Geld befand. Dick hatte das Zögern bemerkt. »Sie können uns die Belohnung ruhig geben«, meinte er und warf sich in die Brust. »Wir sind schließlich Ehrenmänner! Außerdem lassen wir Ihnen die Zahnlücke als Pfand zurück!«
Herr Kalendertag schien ein wenig beruhigt. Er holte den Schlüssel aus der Jackentasche und sperrte mit einem unsicheren Blick auf die beiden die Geldkassette auf.
Plötzlich bemerkte er etwas Überraschendes.

IM VIERUNDZWANZIGSTEN KAPITEL

behauptet jemand, ein Ehrenmann zu sein, ein nichtvorhandenes Telefon klingelt, eine Geldkassette wird ausgeraubt, und Herr Kalendertag unternimmt einen Dauerlauf

Die beiden verdächtigen Fremden hielten – graue Hüte in den Händen! Auf einmal erinnerte sich der Geisterbahndirektor an den Bericht der Ururoma: Zwei graue Hüte sollen die Zahnlücke gestohlen haben! Wenn das stimmte . . .

Herr Kalendertag nahm das Geld nicht aus der Kassette. Im Gegenteil! Er klappte den Deckel mit einem Knall zu und legte den Schlüssel auf den Tisch. Mit entschlossener Miene drehte er sich um.

»Meine Herren, es tut mir außerordentlich leid, daß ich Ihnen die Belohnung nicht aushändigen kann. Aber ich muß Sie doch darum bitten, mir zuerst die Gespenster zurückzugeben, die Sie angeblich gefunden haben!«

Dick und Moritz hatten mit einer solchen Reaktion nicht gerechnet.

»Was?« rief der Storch wütend. »Sie wollen das Geld nicht herausrücken? Dann sollen Sie aber mal was erleben!«

Drohend näherte er sich dem Direktor, der ängstlich einen Schritt zurückwich. Der Dicke trat schnell zwischen die beiden. »Mach keine Dummheiten, Moritz!« knurrte er.

Dann wandte er sich – wieder ganz freundlich – an den

Geisterbahnbesitzer. »Wenn Sie es unbedingt wünschen, werden wir Ihnen natürlich zuerst die Gespenster abliefern. Ich vermute, Sie mißtrauen uns ein wenig. Leider, leider . . ., wo wir doch solche Ehrenmänner sind! Nicht wahr, Moritz?« Dick sagte es mit der bekümmerten Stimme eines unschuldig Verurteilten. Dabei gab er seinem Kumpan ein heimliches Zeichen.

»Ja, ja, Ehrenmänner . . .«, stotterte der Storch, der nicht wußte, was Dick vorhatte.

Die beiden wandten sich zum Gehen.

Wie beiläufig meinte das Nilpferd: »Gleich um die Ecke steht unser Auto. Wir haben die Gespenster im Kofferraum. Wenn Sie die Freundlichkeit hätten, die paar Schritte mit uns zu kommen . . .«

Herr Kalendertag war froh, daß die beiden seltsamen Männer das Kassenhäuschen verließen. »Ist es weit?« erkundigte er sich.

»Nur um die Ecke. Deshalb können Sie den Wagen nicht sehen.«

Herr Kalendertag nahm seinen Zylinder – ohne dieses Kleidungsstück ging er nie aus dem Haus – und folgte den Männern.

Auf einmal blieb der Dicke stehen und griff sich auf den Kopf. »Oh, mein Hut! Ich habe meinen Hut vergessen!« stammelte er erschrocken. »Er liegt sicher noch auf dem Tisch. Einen Augenblick, ich bin sofort wieder hier!«

Das Nilpferd drehte sich um und eilte mit schnellen Schritten zum Kassenhäuschen zurück.

Der Geisterbahnbesitzer sah ihm nach. »Warten Sie, ich werde Sie begleiten!« rief er und wollte ebenfalls umkehren.

Jetzt hatte Moritz endlich begriffen, was sein Kumpan plante. »Machen Sie keine Umstände!« brummte er und faßte Herrn Kalendertag am Arm. Er griff so fest zu, daß der Direktor zusammenzuckte.
Herr Kalendertag wollte sich losreißen. Aber es gelang ihm nicht.
»Man braucht doch keine zwei erwachsenen Leute, um einen einzigen Hut zu tragen, hahaha!« Der Storch lachte dröhnend.
In diesem Augenblick kehrte Dick zurück. Fröhlich schwenkte er seinen Hut. »Es geht doch nichts verloren«, verkündete er, »es sei denn, es würde gestohlen!«
Bevor Herr Kalendertag über diese Worte nachdenken konnte, fügte der Dicke hinzu: »Übrigens klingelt bei Ihnen das Telefon. Ich glaube, jemand wünscht Sie dringend zu sprechen!«
»Das Telefon? Das Telefon?« fragte Herr Kalendertag. Irgend etwas an der Sache kam ihm nicht geheuer vor.
»Ja, nun gehen Sie schon!« brummte Moritz grob. Er gab dem Direktor einen Stoß, daß er einige Schritte zurücktaumelte.
Dick rief ihm noch nach: »Beeilen Sie sich, sonst legt Ihr Gegenüber auf!«
Schnell rannte Herr Kalendertag in das Kassenhäuschen.
»Telefon! Telefon!« murmelte er vor sich hin.
Als er an der Türschwelle stand, wußte er, was ihm so seltsam vorgekommen war: Er hatte gar kein Telefon. Gerade wollte er zurücklaufen, um den beiden Herren zu sagen, daß ein Irrtum vorliegen mußte, da fiel sein Blick auf einen kleinen Gegenstand, der am Boden lag. Herr Kalendertag hob ihn auf. Es war der Schlüssel zu der Geldkassette. Er betrachtete ihn nachdenklich.

Er hatte den Schlüssel doch auf den Tisch gelegt. Und nun lag er auf dem Fußboden. Eine schreckliche Ahnung ergriff den Direktor. Mit zitternden Fingern steckte er den Schlüssel ins Schloß und sperrte die Kasse auf. Dann sank er seufzend auf einen Stuhl. Die Kassette war leer. Das ganze Geld war weg. Keinen Groschen hatten die Diebe zurückgelassen.
»Diese Bösewichte!« stöhnte Herr Kalendertag.
Jetzt verstand er auf einmal, warum der Hut – natürlich absichtlich – vergessen worden war. Warum man ihn mit diesem »Telefonanruf« zurückgelockt hatte.
Aber – die beiden Männer konnten nicht weit sein! Vielleicht war es möglich, sie einzuholen. Dieser Gedanke brachte den Direktor wieder auf die Beine.
Mit fliegenden Rockschößen jagte er aus der Tür. Vor dem Haus blieb er noch einmal stehen. »Der Zylinder!« stieß er hervor. Er eilte zurück und setzte hastig seine Kopfbedeckung auf. Dann sperrte er das Kassenhäuschen zu. Sicher ist sicher! dachte er. Daß er dabei den Schlüssel steckenließ, bemerkte er gar nicht.
Schon trabte er um die Ecke des Hauses. Rannten dort in der Ferne nicht zwei Gestalten mit grauen Hüten? Ja, das waren die Gesuchten! »Diebe! Diebe!« rief Herr Kalendertag laut. Er verdoppelte sein Tempo. Die Leute rundum blieben stehen und blickten erstaunt auf die seltsame Gestalt, die da in Frack und Zylinder an ihnen vorbeistürmte. »Ein Verrückter!« sagten sie und schüttelten erschrocken die Köpfe.

IM FÜNFUNDZWANZIGSTEN KAPITEL

wird ein Mann mit zwei grauen Hüten entdeckt. Die Gespenster nehmen die Verfolgung auf und verkriechen sich anschließend in einigen Aschentonnen

Am Dienstagmorgen war der Eisgraue als erster auf den Beinen und rüttelte die Gefährten wach. Wieder irrten sie kreuz und quer durch den Prater, ohne die gesuchten Zahnlückendiebe zu finden. War es ein Zufall, oder hatte Pollux sie absichtlich so geführt? Jedenfalls kamen sie gegen Mittag an der Bude des Mandelmannes vorbei. Das graue Gespenst schniefte vor Freude. »Ich habe Hunger nach gebrannten Mandeln!« brummte es und trottete schnuppernd näher. Plötzlich drehte es sich mit einem Satz um und raste zum Eisgrauen zurück. Es hatte eine aufregende Entdeckung gemacht.

»Seht euch den Kerl einmal genau an!« flüsterte es.

Der Eisgraue und Schabernack machten lange Hälse.

»Der Mandelmann hat . . . der Mandelmann hat einen grauen Hut auf dem Kopf!« stellte der Alte fest, und sein Atem stockte.

»Und was liegt daneben auf der Bank?« fragte Pollux aufgeregt.

»Wahrhaftig, noch ein grauer Hut. Noch ein grauer Hut!« kreischte die Echo-Eule. »Daß wir das nicht schon gestern bemerkt haben!«

»Sei doch still!« fuhr der Eisgraue sie an. »Du verrätst

uns ja mit deinem lauten Geheul. Jetzt heißt es einen kühlen Kopf bewahren!«
»Was sollen wir tun? Was sollen wir tun?« piepste die Eule leise.
Die Gespenster hielten Kriegsrat.
Man beschloß, den Eisgrauen als Kundschafter auszusenden. Er sah aus wie ein alter Mann und würde keinen Verdacht erregen.
Das Obergespenst näherte sich dem Schausteller und sprach mit ihm.
Aber was war das? Der Kerl hatte es auf einmal sehr eilig.
Er räumte Hals über Kopf seine Sachen zusammen, steckte die Zeitung in die Manteltasche, ergriff die beiden grauen Hüte, und schon strebte er dem Praterausgang zu.
»Ihm nach! Ihm nach!« kreischte die Echo-Eule.
Schabernack kriegte sie gerade noch an den Schwanzfedern zu fassen.
»Bleibe doch!« rief er. »Laß uns erst auf den Eisgrauen warten!«
Mit schnellen Schritten kam der Alte zurück. »Wir müssen den Mann verfolgen, er ist sehr verdächtig!« flüsterte er hastig. »Du, Echo-Eule, beobachtest alles aus der Luft. Pollux geht mit mir, und Schabernack verwandelt sich in ein Tuch und schützt meinen Hals vor Erkältungen!«
In Windeseile waren alle Vorbereitungen getroffen. Dann nahmen die Gespenster die Verfolgung auf.
Am Pratereingang bestieg der Mann die Straßenbahn. Auch der Eisgraue und Pollux drängten sich in den Wagen. Nach einigen Stationen stieg der Verfolgte aus, die Jagd ging zu Fuß weiter. Einmal hob das alte

Gespenst den Kopf. Hoch über ihnen kreiste im Blau des Himmels ein mächtiger Vogel. Die Echo-Eule hatte die Spur nicht verloren. Mit scharfen Augen beobachtete sie, was unten geschah. Plötzlich betrat der Mann mit den beiden Hüten ein großes Wohnhaus.
»Schleiche ihm nach und erkunde, wohin er geht!« raunte der Alte seinem Begleiter zu. Pollux huschte in den Hauseingang. Nach einer Weile erschien er wieder. »Der Kerl ist hinter einer Tür verschwunden. Ich habe das Schild neben der Klingel gelesen. Siebenfritz, Mandelverkäufer und Schießbudenbesitzer, steht darauf«, berichtete er atemlos.
»Aha, da wohnt er also!« stellte der Eisgraue fest.
»Und was unternehmen wir jetzt?« wollte Schabernack wissen.
Während sie noch überlegten, wurden Schritte auf der Treppe laut. Die Verfolger konnten gerade noch hinter der Hausecke verschwinden, da trat der Gesuchte wieder aus der Tür.
Und diesmal hatte er – drei graue Hüte bei sich. Zwei unter dem Arm und einen auf dem Kopf.
»Das ist doch die Höhe!« entrüstete sich Pollux, der zwischen Hauswand und Dachrinne hervorlugte.
»Ich glaube, in der Nähe befindet sich eine Hutfabrik, hihi!« kicherte Schabernack.
Wieder ging die Verfolgung durch lange Straßenzüge. Es wurde immer schwieriger für die Gespenster. Man kam in belebte Geschäftsstraßen. Die Menschen drängten sich auf den Bürgersteigen. Plötzlich verschwand der Mandelmann in einem Hutladen. Als er nach wenigen Minuten herauskam, hatte er nur noch einen Hut bei sich: den, den er auf dem Kopf trug.
»Das macht er nur, um uns in die Irre zu führen!«

knurrte Pollux. Abermals mußten sie mit der Straßenbahn fahren.
Diesmal wäre ihnen der Verfolgte beinahe entkommen, weil er den Wagen erst im letzten Augenblick verließ. Pollux und der Eisgraue konnten gerade noch vom Trittbrett springen.
Hastig strebte der Mandelverkäufer einem modernen, großen Gebäude zu und verschwand hinter einer Glastüre. Der Hof vor dem Haus war menschenleer. Viele Aschentonnen, Schaufeln und Besen standen herum.
»Da scheint Großreinemachen zu sein«, spottete Schabernack.
Die anderen achteten nicht auf ihn.
»Wir müssen warten, bis der Kerl wieder herauskommt«, meinte der Eisgraue.
»Aber hier sieht uns doch jeder!« warf Pollux ein.
»Ja, leider!« Der Alte schaute sich um. »Holla, ich hab's!«
»Was hast du?« fragte Schabernack neugierig.
»Seht ihr die Aschentonnen?«
»Natürlich, wir sind ja nicht blind«, feixte das weiße Gespenst.
»Aschentonnen sind ein ausgezeichnetes Versteck!« meinte der Eisgraue.
»Vorausgesetzt, daß sie leer sind«, sagte Schabernack.
Sie waren leer.

IM SECHSUNDZWANZIGSTEN KAPITEL

unternehmen vier Gespenster eine unfreiwillige Reise, werden gründlich durchgerüttelt und geraten an einen Ort, der ihnen sehr bekannt vorkommt

Das alte Gespenst kletterte mit Schabernack in eine der Mülltonnen. Pollux mußte in die Nachbartonne schlüpfen, weil beim Eisgrauen kein Platz mehr war. Plötzlich senkte sich ein Schatten über den Behälter. Pollux zog erschrocken den Kopf ein.

Es war die Echo-Eule. »Ich wollte nur mal wissen, wie es weitergeht!« sagte sie.

»Komm herein und versteck dich!« knurrte Pollux.

Das geschah gerade zur rechten Zeit, denn schon öffnete sich die Glastüre, und der Mann mit dem grauen Hut erschien wieder. Er sah sich um und blieb unschlüssig stehen. Dann sprach er eine Weile mit einem Arbeiter, der gerade vorbeikam.

»Die beiden schauen ständig zu uns herüber!« berichtete Schabernack. Er hatte sich ganz dünn gemacht und spähte unter dem Deckel der Mülltonne hervor.

»Das gibt es gar nicht«, meinte der Eisgraue. »Der Hof war leer, als wir hier hereinkletterten. Also kann uns niemand beobachtet haben.«

Und was dann passierte, verschlug ihm die Stimme. Ein Müllauto rollte heran und stoppte direkt vor ihrem Versteck. Zwei Männer sprangen behende aus dem Führerhaus. Einer links, einer rechts, so faßten sie die

Tonne. Schabernack konnte gerade noch den Kopf einziehen, dann fühlte er, wie der Behälter hochgehoben wurde.
Im nächsten Augenblick kippten die beiden Gespenster in den Müllwagen. Auch Pollux und die Echo-Eule wurden hineingeworfen.
Der große Müllbehälter drehte sich.
Und vier Gespenster purzelten – kopfüber, kopfunter – durcheinander.
»O weh, o weh!« jammerte Schabernack.
»So paß doch auf, du stehst auf meinem linken Vorderfuß!« bellte Pollux.
»Und du hast mich in die Flügelspitze gebissen, gebissen!« kreischte die Echo-Eule.
Es war ein richtiges Tohuwabohu.
Pollux war schon halb ohnmächtig. »Ich weiß gar nicht, wo mir der Kopf steht!« stöhnte er. »Einmal ist er oben, einmal ist er unten. Ich wäre nicht überrascht, wenn er mir ganz abfallen würde!«
Plötzlich öffnete sich die Klappe ihres Gefängnisses.
Der Kessel rotierte schneller und senkte sich dabei nach hinten. Die vier Gespenster wurden aus der Öffnung herausgeschleudert und landeten unsanft auf einem harten Bretterboden.
Sie hörten noch, wie hinter ihnen eine Türe ins Schloß fiel. Ein Riegel wurde vorgeschoben, ein Schlüssel drehte sich herum. Dann war es eine Weile still.
»O weh! O weh!« Die Echo-Eule meldete sich zuerst. Sie war am übelsten zugerichtet. »Meine Schwanzfedern sind gebrochen. Und mein schöner, scharfer Schnabel ist ganz verkratzt!«
»Und ich habe mich verwickelt und bringe den Knoten nicht mehr auf«, klagte Schabernack.

Der Eisgraue half ihm.
Dann versuchten die drei Gespenster, Pollux aufzuwecken.
Er war in Ohnmacht gefallen.
Sie kitzelten ihn, da kam er wieder zu sich.
»Wo bin ich?« fragte der graue Geselle und blickte sich benommen um.
»Nanu! Ich bin ja im Kassenhäuschen unseres Direktors!« stellte er schließlich fest.
Die anderen Gespenster schauten erstaunt auf. Sie kannten natürlich das Kassenhäuschen ihres Chefs genau. Der Eisgraue schüttelte nachdenklich den Kopf.
»Mir kommt einiges an der Geschichte sehr merkwürdig vor!« überlegte er. »Warum hat man uns zum Beispiel eingesperrt?«
»Und wieso ausgerechnet hier im Kassenhäuschen, Kassenhäuschen?« fügte die Echo-Eule hinzu.
»Ich werde schnell einen Erkundungsgang unternehmen!« sagte Schabernack. »Vielleicht kann ich dabei einige Fragen klären!« Das weiße Gespenst untersuchte zuerst die Türe. Natürlich war sie fest versperrt. Die Flucht durch das Schlüsselloch war ebenfalls unmöglich. »Der Schlüssel steckt«, ärgerte sich Schabernack. »Und zwar von außen!«
»Läßt sich kein anderer Ausweg finden?« erkundigte sich Pollux.
Die Geister durchstöberten den ganzen Raum.
Sie rüttelten an der Türe. Sie riefen um Hilfe.
Es war vergebens.

IM SIEBENUNDZWANZIGSTEN KAPITEL

liest Herr Siebenfritz die Zeitung. Ein geheimnisvoller alter Mann taucht auf, und wir erfahren außerdem, daß Erwachsene besser auf ihre Kinder hören sollten

Wie in einer Mausefalle, so steckten die Gespenster im Kassenhäuschen und konnten nicht ein noch aus. Herr Siebenfritz hatte sie überlistet und eingesperrt. Wie aber kam es, daß gerade er die Geister entdeckte, und nicht etwa Herr Kalendertag oder Reporter Schnell oder ein kluger Polizist oder ein findiger Geheimdetektiv oder gar ein schneidiger Feuerwehrhauptmann?

Zuerst fing alles ganz harmlos an. Wie an jedem Tag machte sich der Mandelverkäufer auch an diesem Morgen auf den Weg zum Prater. Unter dem Arm trug er den verbeulten grauen Hut, auf den sich Luise gesetzt hatte.

Er wollte ihn zum Hutmacher bringen.

Wie immer verließ Herr Siebenfritz an der gewohnten Haltestelle die Straßenbahn und kaufte am Kiosk den Wiener Kurier. Und wie an jedem anderen Tag überflog er die Seiten der Zeitung, während er in seinem Kupferkessel die Zuckermasse aufwärmte. Er brauchte lange dazu, denn er wurde immer wieder beim Lesen gestört. Heute kauften besonders viele Leute gebrannte Mandeln.

Endlich – es war bereits gegen Mittag – hatte er das Blatt ausgelesen. Schon wollte er es zusammenfalten

und beiseite legen, da blieb sein Blick auf einer Annonce hängen.
»Gespenster gesucht!« stand da in großen Buchstaben.
»Nanu?« brummte Herr Siebenfritz. »Wer sucht denn hier Gespenster? Das ist doch zu komisch!« Während er weiterlas, nahm sein Gesicht einen gespannten Ausdruck an.
Er bemerkte den Mann mit dem langen, weißen Bart gar nicht, der vor seinem Kessel stehengeblieben war.
»Guten Tag!« sagte der Mann.
»Guten Tag!« murmelte Herr Siebenfritz und hielt dem Bärtigen über die Zeitung hinweg eine Tüte mit heißen Mandeln hin.
»Danke!« meinte der Mann. »Ihre Mandeln können Sie behalten. Wissen Sie, die schaden meinen Zähnen. Ich habe sowieso nicht mehr viele.«
Jetzt blickte Herr Siebenfritz auf. »Ach so!« sagte er, legte die Tüte mit den Mandeln wieder an ihren Platz und las weiter.
Nach einer Weile machte sich der Bärtige abermals bemerkbar. »Ich hätte gerne eine Auskunft«, meinte er und räusperte sich.
»Ja, bitte?« Herr Siebenfritz schien es plötzlich sehr eilig zu haben. Er faltete hastig die Zeitung zusammen, steckte sie in die Rocktasche, nahm den Kupferkessel, trug ihn in das kleine Häuschen, wo er seine Sachen aufbewahrte, und löschte eilig das Feuer. Schon hatte er die Türe verschlossen.
Schnell klemmte er sich den zerbeulten Hut unter den Arm und wandte sich zum Gehen.
Er hatte aber noch keine drei Schritte getan, da kam er nicht mehr weiter. Jemand hielt ihn hinten am Jackett fest.

Es war der alte Mann.
Ärgerlich wandte sich der Mandelverkäufer um.
»Aber meine Frage, Sie haben mir meine Frage noch nicht beantwortet!« rief der Bärtige.
»Welche Frage?« knurrte Herr Siebenfritz unwillig.
»Ich wollte mich erkundigen, wem der graue Hut gehört, den Sie da unter dem Arm tragen!«
»Na, mir natürlich. Was dachten Sie denn?«
Und schon hatte sich Herr Siebenfritz losgerissen und eilte mit großen Schritten dem Praterausgang zu.
Der alte Mann war stehengeblieben und schüttelte erstaunt den Kopf.
Auch der Mandelverkäufer wunderte sich. »Wie neugierig doch die Leute sind«, murmelte er, während er auf die Straßenbahn wartete. Dann dachte er aber weiter nicht mehr daran. Etwas anderes beschäftigte ihn viel mehr: Die Beschreibung der Gespenster in der Zeitungsanzeige. Sah eines von ihnen nicht genauso aus wie die schwarze Puppe, die seine Frau gestern nach Hause geschleppt hatte? Das wäre ein Fang!
Zehntausend Schilling zu verdienen!
Und er hatte dieses wertvolle Ding in die Mülltonne geworfen!
»Das ist doch zum Haareausraufen!« brummte Herr Siebenfritz. »Hoffentlich war in der Zwischenzeit nicht die Müllabfuhr . . .« Der Mandelverkäufer wurde aus seinen Gedanken aufgeschreckt. Ein lautes Kreischen ertönte. Die Straßenbahn hielt.
Eilig stieg er ein. Während der Wagen durch die Straßen ratterte, studierte Herr Siebenfritz noch einmal die Zeitungsanzeige. Es bestand gar kein Zweifel. Die Beschreibung stimmte aufs Haar mit der schwarzen Puppe überein.

Dann mußte der Mandelverkäufer aussteigen.
In größter Eile überquerte er die Fahrbahn. Und an jeder Straßenecke seufzte er: »Hoffentlich war die Müllabfuhr noch nicht da! Hoffentlich war die Müllabfuhr noch nicht da!«
Endlich stand er atemlos vor seiner Wohnung in der Leopoldsgasse. Im Hausflur kam ihm Luise mit dem Puppenwagen entgegen.
»Servus, Luischen! Ist die Schule schon aus?« rief Herr Siebenfritz im Vorbeieilen.
Das Mädchen nickte.
Auf der Treppe blieb der Mandelverkäufer plötzlich stehen.
»Sag mal, sind die Mülltonnen bereits geleert?« erkundigte er sich.
»Ich weiß es nicht. Wieso?« fragte seine Tochter.
»Das erzähle ich dir später. Und überhaupt sollen kleine Mädchen nicht so neugierig sein!«
Schon war Herr Siebenfritz die Treppe hinaufgehastet. Er nahm immer zwei Stufen auf einmal.
Das Mädchen schaute ihm erstaunt nach.
Warum hatte Vater es so eilig? Und was wollte er von den Mülltonnen? Sollte er etwa geahnt haben, daß . . .?
»Dann ist es doch besser, ich verschwinde hier zur Vorsicht mal«, murmelte Luise. Sie hatte gestern schon genügend unangenehme Dinge erlebt. Schnell schob sie ihren Puppenwagen um die Hausecke.
Hätte Herr Siebenfritz doch nur auf die Frage Luischens geantwortet! Dann wäre ihm selbstverständlich erzählt worden, daß das kleine Gespenst im Puppenwagen lag. Dann hätte man den Ausreißer natürlich sofort zu Herrn Kalendertag zurückgebracht, die Belohnung wäre freudestrahlend in Empfang genom-

men worden, und die ganze Geschichte hätte ein schnelles und glückliches Ende gefunden.
Aber so geht es nun mal, wenn Eltern nicht auf ihre Töchter hören!
Der Mandelverkäufer eilte also mit Riesenschritten die Treppe hinauf. Seine Frau wunderte sich. »Herr Siebenfritz kommt wie der Blitz!« rief sie. »Hast du viel Mandeln verkauft?«
»Das sage ich erst, wenn du mir verrätst, ob die Müllabfuhr schon da war!«
»Schon lange. Ojerum – jetzt ist noch ein Hut hin!«
Frau Siebenfritz schlug die Hände über dem Kopf zusammen.
Ihr Mann hatte sich in einen Stuhl fallen lassen. Und gerade auf diesem Stuhl lag der Hut, den Luises Mutter herausgesucht hatte, weil sie in den Prater gehen wollte.
»Ist schon egal!« Der Schießbudenbesitzer mußte einige Male tief Atem holen. »Und zehntausend Schilling sind auch futsch. Ich sehe schon: Heute ist ein Pechtag!«
»Zehntausend Schilling?« fragte Frau Siebenfritz erstaunt. »Was haben zehntausend Schilling mit der Müllabfuhr zu tun? Ich habe immer geglaubt, daß dafür der Geldbriefträger zuständig ist!«
»Es handelt sich um die schwarze Puppe!«
»Jetzt verstehe ich gar nichts mehr!« Frau Siebenfritz schüttelte nachdrücklich den Kopf, trocknete die Hände an der Schürze ab und setzte sich. Und dann mußte Herr Siebenfritz die ganze Geschichte von Anfang an erzählen. Schließlich schlug er sich mit der flachen Hand gegen die Stirne und rief: »Oh, ich Dummkopf! Hätte ich nur die Puppe nicht weggewor-

fen! Dann besäße ich jetzt zehntausend Schilling. Stell dir vor: zehntausend Schilling! Dann könnte ich dir endlich die Waschmaschine kaufen, die du so notwendig brauchst.«
»Futsch ist futsch und hin ist hin!« sagte Frau Siebenfritz und legte den Arm um die Schulter ihres Mannes. »Da ist nun nichts mehr zu machen.« Sie war zwar ein wenig traurig . . .
Der Mandelverkäufer sprang auf. »O doch!« rief er. »Das Geld ist noch nicht verloren! Ich werde gleich die Städtische Müllabfuhr aufsuchen!«
»Hoffentlich erreichst du etwas!« meinte seine Frau. Dann fiel ihr noch etwas ein. »Wenn du zur Müllabfuhr gehst, kannst du auch gleich den zerbeulten Hut, auf den du dich vorhin gesetzt hast, beim Hutmacher abliefern!«
»Ach ja, der Hut!« meinte Herr Siebenfritz.

IM ACHTUNDZWANZIGSTEN KAPITEL

trifft Herr Siebenfritz einen geheimnisvollen alten Herrn, fährt in einer vollbesetzten Straßenbahn und macht die überraschende Entdeckung, daß er verfolgt wird

Mit schnellen Schritten eilte Herr Siebenfritz die Brendelstraße hinunter.
»Wenn ich nur das kleine Gespenst wieder finde!« murmelte er vor sich hin. »Dann bekäme ich die zehntausend Schilling!« Er mußte eine Zeitlang vor einer Ampel warten, die Rot zeigte.
Die Leute sahen den Mann erstaunt an, der sich da mit sich selber unterhielt. Aber Herr Siebenfritz machte sich nichts daraus. Er merkte gar nicht, daß er Selbstgespräche führte. Beinahe wäre er am Geschäft des Hutmachers vorbeigelaufen!
Herr Siebenfritz ging die paar Schritte zurück.
»Die Hüte sehen ja aus, als hätte sich ein Elefant draufgesetzt«, wunderte sich die Verkäuferin.
»Ja, ein kleiner und ein großer Elefant«, meinte der Mandelverkäufer.
»So?« fragte sie ungläubig.
Herr Siebenfritz erklärte es ihr. »Der kleine Elefant war meine Tochter, und der große Elefant war ich. Vielleicht sollte man in diesem Fall besser von einem Rhinozeros sprechen!«
»So habe ich es nun wieder nicht gemeint«, lachte die Verkäuferin. Dann notierte sie seine Anschrift und gab

ihm eine Nummer. »In zwei Tagen können Sie die Hüte abholen.«
Herr Siebenfritz bedankte sich und drehte sich um.
Im nächsten Augenblick machte er einen Satz zur Türe. Hatte ihn nicht soeben ein Augenpaar durch die Schaufensterscheibe angestarrt? Ein Augenpaar, das ihm bekannt vorkam? Das wollte er doch ganz genau wissen!
Schon hatte der Mandelverkäufer die Ladentüre aufgerissen.
Er blickte nach links, er blickte nach rechts. Tatsächlich! Da sah er gerade noch, wie sich eine dunkle Gestalt in einen nahen Hauseingang drückte.
»Sollte man es für möglich halten?« murmelte der Mandelverkäufer erschrocken. »Ich werde verfolgt!«
Er schüttelte ungläubig den Kopf.
Was wollten die Verfolger von ihm? Hatten sie es auf sein Geld abgesehen? Er besaß ja fast nichts. Oder waren es verkleidete Polizisten? Geheimdetektive? Aber er hatte doch nichts verbrochen!
»Nur die Ruhe bewahren!« redete sich der Mandelverkäufer beschwichtigend zu. Im Vorbeigehen warf er einen schnellen Blick in den Hauseingang, wo der geheimnisvolle Mann verschwunden war. Die Gestalt hatte ihm den Rücken zugekehrt. Herr Siebenfritz konnte trotzdem erkennen, daß sie einen langen, weißen Bart trug.
»Der Mann mit dem Bart!« stellte er erstaunt fest. Der Mann, der ihm heute morgen so eigenartige Fragen gestellt hatte. »Das ist doch zu komisch!« wunderte sich der Mandelverkäufer. Sollte der Bärtige ebenfalls auf der Suche nach dem kleinen Gespenst sein, um ihm die zehntausend Schilling wegzuschnappen? Auf

jeden Fall nahm sich Herr Siebenfritz vor, genau aufzupassen.

Am Ferdinandplatz stieg er in die Straßenbahn. Viele Leute wollten mitfahren, und es gab ein großes Gedränge. Trotzdem sah der Mandelverkäufer, daß der Mann mit dem Bart in den hinteren Wagen stieg. Und jetzt hatte er tatsächlich einen – Hund dabei.

Wo kommt denn der graue Pudel plötzlich her? dachte Herr Siebenfritz verwundert.

Die Straßenbahn setzte sich in Bewegung. Sechs Stationen mußte der Mandelverkäufer fahren. Er schielte immer nach dem hinteren Wagen, ob der Unbekannte mit dem Hund vielleicht aussteigen würde. Aber er konnte nichts Genaues erkennen.

»Bitte nach vorne durchgehen!« rief der Schaffner.

Und eine dicke Dame sagte bissig: »Merken Sie denn nicht, daß Sie im Weg stehen?«

So mußte sich Herr Siebenfritz in den vorderen Teil des Wagens drängen. Und da sah er überhaupt nichts mehr.

Als er nach sechs Stationen ausstieg, gab er genau acht. Wo war der Mann mit dem Bart? Gerade in diesem Augenblick hastete eine große Menschenmenge an ihm vorbei. Ein gutgekleideter Herr, der ein paar Bücher unter den Arm geklemmt hatte und einen Regenschirm schwenkte, eilte kommandierend voraus. Und viele Herren und Damen folgten ihm.

Aha, eine Reisegruppe, die die Sehenswürdigkeiten der Stadt besichtigen will! dachte Herr Siebenfritz.

Er hatte nichts gegen Reisegruppen. Aber in diesem Augenblick störte sie ihn doch sehr.

Kurzentschlossen schritt er deshalb auf das Gebäude der Städtischen Müllverwertungsanstalt zu.

Er überquerte den Hof, auf dem Dutzende von Aschentonnen standen. Schaufeln und Besen lehnten an den Wänden. Im Hintergrund parkten Lastwagen und Müllautos. Ein grauer Pudel schlich den Rinnstein entlang.
Ein grauer Pudel? wunderte sich Herr Siebenfritz. Sollte das der Hund des Bärtigen sein? Aber dann verscheuchte er den Gedanken wieder. Es gibt unzählige graue Pudel in Wien, dachte er. Und langsam sehe ich schon Gespenster!
»Gespenster, Gespenster«, murmelte der Mandelverkäufer zerstreut, als er an die große Glastüre klopfte, auf der »Büro« zu lesen war.

IM NEUNUNDZWANZIGSTEN KAPITEL

entdeckt Herr Siebenfritz die gesuchten Gespenster. Herr Engel entpuppt sich als Engel, und jemand stellt fest, daß Geisterjagd kein Honiglecken ist

Herr Siebenfritz wurde von einem kleinen Herrn mit einer dicken Brille empfangen, der hinter einer mächtigen Schreibmaschine hockte. »Sie wünschen?« fragte er und blickte den Mandelverkäufer mit großen Augen an. Wie ein Uhu, der eine Maus entdeckt hat, dachte Herr Siebenfritz.

Laut aber sagte er, daß er eine ganz wertvolle Puppe versehentlich in die Mülltonne geworfen hätte, und daß er . . .

»Es tut mir leid«, unterbrach ihn der Uhu, »aber es besteht keine Hoffnung, daß Sie Ihre wertvolle Puppe wiederbekommen können. Der Müll wird sofort nach der Anlieferung in den Reißwolf befördert und in ganz kleine Stücke zerfetzt. Die scharfen Messer haben sicher auch das Spielzeug nicht verschont!«

»O weh! Das arme Gespenst!« seufzte Herr Siebenfritz traurig.

»Wie bitte?« fragte der Uhu.

»Ach, nichts!« Der Mandelverkäufer winkte ab. Dann bedankte er sich und wandte sich wieder dem Ausgang zu.

»Gespenst, Gespenst«, murmelte er gedankenverloren vor sich hin. Im Geiste sah er einen riesigen Reißwolf vor sich stehen, der eine dicke Brille trug, wütend die Zähne fletschte und mit lautem Schmatzen die Waschmaschine verschlang, die er seiner Frau zum Geburtstag schenken wollte.

Doch was war das? Eben als Herr Siebenfritz zur Türklinke greifen wollte, fiel sein Blick durch die Glasscheibe auf die Aschentonnen, die im Hof standen. Träumte er oder wachte er? Da kletterte doch tatsächlich der Alte mit dem Bart, der ihn die ganze Zeit über verfolgt hatte, in eine der Tonnen. Jetzt war nur noch das weiße Haar zu erkennen. Dann wurde der Deckel von innen zurechtgerückt, und die ganze Gestalt war verschwunden.

In die Nachbartonne aber hüpfte mit einem schnellen Satz der graue Hund. Zuletzt flatterte noch ein großer Vogel heran und gesellte sich ebenfalls dazu.

Jetzt schlägt's aber dreizehn! dachte Herr Siebenfritz, als er den seltsamen Vorgang beobachtete. Das ist ja wie in der Geisterbahn!

Hoppla, Geisterbahn!

Ein plötzlicher Gedanke durchfuhr sein Gehirn. Und dann fiel es ihm wie Schuppen von den Augen. Natürlich, die merkwürdigen Gestalten in den Aschentonnen waren die gesuchten Gespenster!

Herr Siebenfritz hatte die Anzeige in der Zeitung aufmerksam gelesen. Er erinnerte sich noch deutlich an die genaue Beschreibung.

»Und das fällt mir erst jetzt ein!« Herr Siebenfritz schlug sich mit der flachen Hand gegen die Stirn.

»Wollten Sie noch etwas?« riß ihn die Stimme des Uhus aus seinen Gedanken.

»Nein, nein!« murmelte der Mandelverkäufer. Er stand noch immer im Büro vor der Glastüre.

Schnell öffnete er sie und trat hinaus auf den Hof.
Was sollte er jetzt tun? Unschlüssig blieb er stehen.
Die zehntausend Schilling, die er schon verloren geglaubt hatte, waren plötzlich wieder ganz in die Nähe gerückt. Denn für die anderen vermißten Gespenster gab es natürlich ebenfalls eine Belohnung.
Herr Siebenfritz dachte nach. Sollte er zu einer Telefonzelle laufen und den Geisterbahndirektor benachrichtigen? Aber in der Zwischenzeit konnten die Gespenster unbemerkt Reißaus nehmen. Sollte er in das Büro zurückkehren und den Uhu bitten, ihm zu helfen? Man hätte ihn wahrscheinlich ausgelacht.
Während Herr Siebenfritz noch überlegte, schlenderte ein Arbeiter über den Hof. Der Mandelverkäufer kannte ihn. Es war Herr Engel, der im Nachbarhaus wohnte.
Und Herr Engel erschien ihm jetzt tatsächlich wie ein Engel.
»Na, Herr Siebenfritz, was suchen Sie denn hier?« fragte der Müllfahrer und gab dem Mandelverkäufer die Hand.
»Sie könnten mir einen großen Dienst erweisen!« sagte Herr Siebenfritz. Und dann erklärte er Herrn Engel rasch, worum es ging.
Der Müllfahrer dachte ein Weilchen nach.
»Sie wollen also den Geisterbahnbesitzer anrufen, während ich hier aufpassen soll, daß die Gespenster nicht aus der Mülltonne klettern und davonlaufen?« fragte er.
»Genauso ist es«, bestätigte der Mandelverkäufer.
Herr Engel zündete sich eine Zigarette an.
»Das geht nicht«, brummte er schließlich, tat einen langen Zug und stieß eine dicke Rauchwolke aus.

»Aber wieso denn nicht?« fragte Herr Siebenfritz und war ganz enttäuscht.
Der Müllfahrer schaute ihn teilnahmsvoll an. »So gern ich Ihnen helfen möchte«, meinte er und stippte die Zigarettenasche auf den Boden, »aber es geht nicht. Ich bin nämlich im Dienst und muß noch ganz schnell mit dem Müllwagen in den II. Bezirk fahren. Ich habe wirklich keine Zeit, so lange hier zu warten, bis Sie den Geisterbahndirektor angerufen haben. Und wer weiß – vielleicht ist er auch gar nicht zu Hause? Und was dann, wenn die Gespenster plötzlich aus der Tonne klettern und davonlaufen? Ich habe im Geistereinfangen keine Übung!«
Der Müllfahrer wandte sich zum Gehen. »Also, nichts für ungut!« sagte er. »Vielleicht kann ich Ihnen ein andermal helfen.«
Herr Siebenfritz lehnte sich verzweifelt an die Mauer. Er schloß die Augen. »Jetzt wird wieder nichts aus der Waschmaschine«, murmelte er. Er wußte wirklich nicht mehr, was er tun sollte. In diesem Augenblick hörte er Schritte. Überrascht schaute er auf.
Der Müllfahrer war zurückgekehrt.
»Mir ist gerade eine Idee gekommen«, verkündete er, während er den Zigarettenstummel auf den Boden fallen ließ und zertrat.
»Ich muß in den II. Bezirk fahren. Und dort liegt der Prater. Da könnte ich also . . .«
Je länger der Müllfahrer sprach, desto mehr hellte sich das Gesicht des Mandelverkäufers auf. »Herr Engel, Sie sind ein Engel!« rief er schließlich begeistert.
Der Arbeiter verschwand für einen kurzen Augenblick. Dann kam mit lautem Brummen ein dicker Müllwagen angefahren und stoppte gerade vor den Aschentonnen,

in denen sich die Gespenster versteckt hielten. Schon hatten die beiden Männer die Tonnen gepackt. Mit kräftigem Schwung leerten sie die Behälter in das Müllauto. Der Kessel drehte sich langsam. Es gab ein lautes Poltern. Irgend etwas quietschte ganz erbärmlich. Aber die Männer achteten nicht darauf. Sie kletterten wieder in das Führerhaus. Herr Engel legte den Gang ein.
Und dann setzte sich das Fahrzeug in Bewegung und ratterte zum Hoftor hinaus.
Mit lautem Poltern und Rumpeln ging es quer durch die Stadt, bis in den II. Bezirk. Laut hupend bog das Müllauto in das Pratergelände ein. Die Bremsen kreischten. Vor dem Gebäude der Geisterbahn hielt der Wagen an. Herr Siebenfritz sprang vom Trittbrett, lief zum Kassenhäuschen und klopfte ein paarmal heftig gegen die Türe.
Nichts rührte sich. Da bemerkte der Mandelverkäufer, daß der Schlüssel im Schloß steckte. Er sperrte auf und warf einen Blick in das Innere. Dann lief er zum Auto zurück.
»Der Geisterbesitzer scheint nicht hier zu sein«, berichtete er dem Müllfahrer. »Es bleibt uns nichts anderes übrig, als zu warten!«
Herr Engel schaute auf die Uhr. »Meine Zeit ist knapp«, stellte er fest. »Schließlich bin ich im Dienst!«
Herr Siebenfritz sagte nichts, sondern wanderte unruhig vor dem Kassenhäuschen auf und ab. Es vergingen eine, zwei, drei Minuten. Und noch immer war von dem Direktor nichts zu sehen.
Da stieg auch Herr Engel aus. »Ich kann wirklich nicht länger warten«, sagte er. »Ich habe schon einen Umweg in den Prater gemacht, obwohl die Direktion Privat-

fahrten verboten hat. Außerdem muß ich noch eine Menge Arbeit erledigen.«
Herr Siebenfritz sah den Müllfahrer enttäuscht an.
»Was tun wir dann mit den Gespenstern, die hinten im Kessel stecken?« fragte er ratlos.
»Ich mache Ihnen einen Vorschlag«, sagte Herr Engel. »Wir sperren die Geister einfach in das Kassenhäuschen. Der Schlüssel steckt ja. Irgendwelche anderen Ausgänge scheinen nicht vorhanden zu sein. Also kann niemand entwischen.«
Die Augen des Mandelverkäufers leuchteten auf. »Das ist eine prima Idee«, rief er.
Im nächsten Augenblick rangierte der Müllfahrer sein Auto so an das Kassenhäuschen, daß sich die Öffnung des Kessels gerade vor der Türe befand. Herr Siebenfritz öffnete den Eingang ganz weit. Dann beschleunigte Herr Engel die Drehungen des Müllkessels. Der mächtige Behälter hob sich an einer Seite, so daß die Gespenster im Inneren das Gleichgewicht verloren und mit lautem Poltern, Zetern und Schimpfen geradewegs in das Kassenhäuschen purzelten. Herr Siebenfritz paßte genau auf. Zuerst fiel der Bärtige mit dem weißen Halstuch heraus, dann kam der Hund angesaust, zuletzt wechselte auch der große Vogel mit verdrehten Augen und zerzaustem Gefieder seinen Aufenthaltsort.
»Es hat geklappt!« meldete Herr Siebenfritz lachend, knallte die Türe zu und versperrte sie sofort. Dann verabschiedete er sich von dem Müllfahrer. Er konnte sich gar nicht genug bedanken.
»Herr Engel, Sie sind ein Engel!« rief er immer wieder.
Und während sich der mächtige Müllwagen langsam in Bewegung setzte, holte der Mandelverkäufer einen

Gartenstuhl, der in der Nähe stand, rückte ihn neben den Eingang des Kassenhäuschens und setzte sich. Bequem streckte er die Beine aus. Er war rechtschaffen müde.
So viel Aufregung an einem Tag hatte er noch selten erlebt. »Die Belohnung habe ich mir ohne Zweifel verdient«, murmelte er. »Jaja, eine Geisterjagd ist kein Honiglecken!« Glücklich, daß er sein Vorhaben doch noch geschafft hatte, schlief Herr Siebenfritz ein.

IM DREISSIGSTEN KAPITEL

erhält man zwar keine Zahnlücke, dafür werden aber einige schlechte Zähne gerichtet, und Munkelchen erkundigt sich, ob Gift süß schmeckt

Luise konnte an diesem Tag das Ende des Unterrichts kaum erwarten. Sie rutschte so unruhig auf ihrem Stuhl hin und her, daß Fräulein Stichling aufmerksam wurde.
»Du solltest nicht Siebenfritz, sondern Zappelfritz heißen«, sagte die Lehrerin tadelnd.
Dann rannte das Mädchen auf dem schnellsten Wege nach Hause und ging zuerst einmal in den Kohlenkeller, um nach Munkelchen zu sehen. Das kleine Gespenst hatte ihr gestern versprochen, sich mucksmäuschenstill zu verhalten und keine Erkundungsgänge zu unternehmen. »Hier ist ein todsicheres Versteck«, hatte Luise erklärt. »Wenn du ruhig bist, findet dich niemand!«
Das Mädchen mußte lachen, als es in den Puppenwagen spähte. Munkelchen lag zusammengekuschelt unter dem Kissen und schlief. Nur sein kleines Näschen und die spitzen Ohren waren zu sehen. Beruhigt stieg Luise in die Wohnung hinauf, wo ihre Mutter bereits mit dem Mittagessen wartete. Es gab Pflaumenknödel, und das war Luises Leibspeise. Aber heute war sie so aufgeregt, daß sie fast keinen Bissen hinunterbrachte. Sie wollte ja mit Munkelchen zum Zahnarzt. Deshalb verabschiedete sie sich gleich nach dem

Geschirrspülen von ihrer Mutter und holte den Puppenwagen aus dem Keller.
Im Hausflur wurde sie noch kurz von Vater aufgehalten, dann trippelte sie mit eiligen Schritten durch die Leopoldsgasse. An der Ecke traf sie Brigitte.
Sonst gingen die beiden Mädchen nicht besonders gern zum Zahnarzt. Wer wandert da schon mit Vergnügen hin! Aber diesmal drehte es sich darum, eine Zahnlücke zu kaufen. Und das tat sicher nicht weh. Fröhlich eilten sie die Straße entlang. Manchmal streckte Munkelchen, das inzwischen aufgewacht war, den Kopf aus dem Puppenwagen. Es wollte auch gerne mitreden. Noch dazu war es schrecklich aufgeregt. »Werde ich eine Zahnlücke bekommen?« fragte es eifrig. »Und ist sie sehr teuer?«
»Wahrscheinlich nicht«, meinte Brigitte. »Wenn wir Glück haben, bekommen wir sogar eine geschenkt!«
»Ich habe schließlich meine Ersparnisse dabei«, stellte Luise stolz fest. »Zwölf Schilling und zwanzig Groschen!«
Sie drückte das kleine Gespenst in das Kissen zurück. »Die Leute dürfen nicht merken, daß du sprechen kannst«, sagte sie. »Und erkälten wirst du dich außerdem.«
So mußte Munkelchen in dem finsteren Wagen liegenbleiben.
Dann waren sie beim Zahnarzt.
»Dr. Lichtenstern«, stand an der Haustüre.
Im Wartezimmer saßen nur wenige Leute. Sie blätterten in den Zeitungen oder schauten aus dem Fenster. Ein Junge mit dick geschwollener Backe stöhnte manchmal.
Die Mädchen betrachteten ihn mitleidig.

»Du hast wohl Zahnweh?« fragte Brigitte.
»Und wie!« seufzte der Junge. »Der Zahn muß sicher raus!«
»Ja, so ist es, wenn man nicht rechtzeitig zum Zahnarzt geht!« sagte der Herr neben ihm in belehrendem Ton. Wahrscheinlich war er Studienrat. »Ich selbst zum Beispiel gehe jedes Vierteljahr. Dann braucht der Zahnarzt nur ganz wenig zu bohren, und das schmerzt nicht!«
In diesem Augenblick ging eine Türe auf.
»Der Nächste bitte!« sagte eine weißgekleidete Dame.
Schnell legte der Herr die Zeitung weg und ging in den Behandlungsraum.
»Klugschwätzer!« brummte der Junge mit der dicken Backe. Aber gleich darauf stöhnte er auf und sagte eine lange Weile nichts mehr. Der Studienrat kam zurück. Er war ganz bleich und wischte sich hastig mit dem Taschentuch über die Stirn.
»Hat's weh getan?« fragte Brigitte mitfühlend.
Aber der Mann antwortete ihr gar nicht, sondern schlüpfte hastig in seinen Mantel und ging eilends davon.
Nach dem Jungen mit der dicken Backe kamen die Mädchen an die Reihe. Luise faßte den Puppenwagen.
»Den Wagen läßt du am besten draußen!« meinte die Dame mit dem weißen Mantel.
»Ach nein!« sagte das Mädchen.
»Der Wagen ist nämlich das Wichtigste!« fügte Brigitte hinzu.
»Na, dann los!« Und schon waren sie im Behandlungsraum.
Zuerst mußten die beiden der Dame ihre Adressen sagen. Dann kam Dr. Lichtenstern und gab ihnen die Hand.

»Wer von euch möchte nun zuerst drankommen?« erkundigte er sich.
»Niemand!« sagte Luise. Sie mußte an den Jungen mit der dicken Backe denken und hatte plötzlich Angst.
»Die Sache ist nämlich so . . .«, wollte Brigitte gerade erklären, aber da war sie schon von der weißen Dame am Arm gefaßt worden.
»Ihr seid doch tapfere Mädchen!« sagte die Sprechstundenhilfe und lachte freundlich. Sie sah aber gar nicht so freundlich aus. Denn sie hatte große, gelbe Zähne, die weit hervorstanden.
Wie ein Pferd! dachte Brigitte.
Und ehe sie sich's versah, saß sie bereits auf dem großen Polsterstuhl.
»Mund auf!« kommandierte Dr. Lichtenstern. »Aha! Da wird's aber Zeit!« Und schon begann er zu bohren.
Brigitte stöhnte ein bißchen und hätte gerne etwas gesagt. Aber sie konnte ja nicht, denn sie mußte immer den Mund offenhalten.
Luise schaute mit erschrockenen Augen zu.
O weh! dachte sie. Jetzt ist das Unglück passiert! Und dabei wollten wir doch nur für Munkelchen eine Zahnlücke kaufen . . .
»Spülen!« befahl der Zahnarzt.
Was soll ich nur tun? überlegte Luise angstvoll. Ich muß die Sache erklären!
Schnell lief sie zum Schreibtisch, wo sich die Sprechstundenhilfe niedergelassen hatte.
»Wissen Sie«, sagte Luise, »wir wollten ja eigentlich nur eine Zahnlücke . . .«
Aber man hörte gar nicht auf sie. Denn schon rührte die Dame eine graue Masse an, mit der Dr. Lichtenstern Brigittes hohlen Zahn auffüllte.

»Na, siehst du«, meinte er, »das ging kurz und beinahe schmerzlos! Und jetzt deine Freundin!«
»Du bist doch auch so tapfer, nicht wahr?« grinste die weißgekleidete Dame und machte ihr Pferdegesicht. Und schon hatte sie Luise auf den Stuhl gehoben.
Ehe das verblüffte Mädchen antworten konnte, mußte es den Mund öffnen. Es erging ihm genauso, wie es vorher Brigitte ergangen war.
»Na ja«, stellte der Zahnarzt fest, »schlimm sieht es nicht aus. Das werden wir gleich haben!«
Dann bohrte sich das kleine Rädchen in Luises Zahn. Es tat natürlich weh. Aber Luise schluckte die Tränen hinunter und blieb tapfer.
»Fertig! Eine Stunde lang nichts beißen!« sagte der Zahnarzt.
Langsam kletterte Luise aus dem Stuhl. Noch ganz benommen blickte sie sich um.
»Noch einen Wunsch?« fragte Dr. Lichtenstern freundlich, als er die beiden Mädchen so stehen sah.
»Ja, natürlich«, rief Brigitte schnell. »Wir wollten nämlich eine Zahnlücke kaufen für . . . für . . .«
»Für Munkelchen!« ergänzte Luise und hob das kleine Gespenst aus dem Wagen. Sie war glücklich, daß sie ihr Anliegen endlich vorbringen konnte.
»Haha, eine Zahnlücke kaufen!« lachte Dr. Lichtenstern. »Das ist wohl eure Puppe? Wozu braucht ihr denn eine Zahnlücke?«
Brigitte erklärte eifrig: »Damit Munkelchen pfeifen kann. Ihm ist nämlich eine Zahnlücke gestohlen worden.«
Dr. Lichtenstern lachte immer mehr.
»Ihr seid aber zwei lustige Mädchen!« rief er. »Kommen her, um eine Zahnlücke zu kaufen! Hahaha!«

Aber dann wurde er plötzlich wieder ernst. »Wie viele Leute sind noch im Wartezimmer?« fragte er die weiße Dame.
»Zwei!« meinte die Sprechstundenhilfe.
Dr. Lichtenstern blickte auf die Uhr. »Na ja, das schaffen wir noch.« Er gab den Mädchen die Hand.
»Zahnlücken haben wir zur Zeit leider nicht vorrätig«, schmunzelte er und zwinkerte lustig mit den Augen, »aber kommt ruhig mal wieder in einem Vierteljahr vorbei!«
Die Dame schob die Freundinnen aus der Türe. »Und einen schönen Gruß an eure Puppe!« meinte sie noch und grinste.
Luise wollte etwas sagen, aber da war das gelbe Pferdegebiß schon hinter der Türe verschwunden.
»Pleite!« seufzte Brigitte, als sie mit dem Puppenwagen wieder auf der Straße standen. Sie machte ein ziemlich wütendes Gesicht. »Mit dir gehe ich nie mehr zum Zahnarzt!« schimpfte sie. »Da ist man ja seines Lebens nicht sicher!«
»Aber ich kann doch nichts dafür!« verteidigte sich Luise. »Und außerdem ist es mir genauso ergangen wie dir!«
Brigitte lenkte ein: »Eigentlich hast du recht. Ich hätte sowieso früher oder später mal zum Zahnarzt gehen müssen. Schade ist nur, daß wir keine Zahnlücke bekommen haben.«
Weil Brigitte einen anderen Weg hatte, verabschiedeten sie sich.
»Morgen besuche ich dich!« rief das dicke Mädchen noch. »Dann können wir weiter beraten, woher wir eine Zahnlücke bekommen. Aber das eine sage ich dir: Zu einem Zahnarzt gehe ich nicht mehr!«

»Ich auch nicht!« bestätigte Luise mit Nachdruck. »Da kannst du Gift darauf nehmen!«
»Schmeckt Gift süß?« piepste es aus dem Puppenwagen. »Ich habe süße Sachen am liebsten!« Munkelchen war aufgewacht und hatte die letzten Worte gehört.
»Halt den Mund!« sagte Luise ungnädig, drehte den Wagen herum und machte sich auf den Heimweg.

IM EINUNDDREISSIGSTEN KAPITEL

taucht auf einmal die verlorene Zahnlücke wieder auf. Luise hat eine Idee

Gemächlich schob Luise den Puppenwagen vor sich her und betrachtete ausgiebig die vielen prächtigen Sachen in den Auslagen. Ein Schaufensterbummel machte ihr immer großen Spaß.

Hier gab es ja so viel zu sehen! Autos und Straßenbahnen fuhren vorbei, Leute gingen auf dem Bürgersteig, ein Hund trottete schnuppernd die Hauswand entlang. Und alle hatten es eilig. Die Autos hupten und ließen die Bremsen quietschen. Zwei Männer kamen angerannt und bogen atemlos in einen Hausgang ein.

Kurze Zeit später lief schon wieder ein Herr vorbei. Er hatte einen Zylinder auf dem Kopf und keuchte wie eine altersschwache Dampflokomotive.

»Der hat es aber eilig! Sicher will er die nächste Straßenbahn erwischen!« sagte Luise zu Munkelchen. Aber anstatt dem Mädchen zu antworten, machte das Gespenst einen Quieker und war im nächsten Augenblick verschwunden. Es hatte sich ganz, ganz tief unter die Kissen des Puppenwagens verkrochen.

»Was ist denn los?« fragte Luise erstaunt.

Munkelchens schwarzer Wuschelkopf kam nur sehr langsam wieder zum Vorschein.

»Herr Kalendertag . . .«, stotterte es, »das war Herr Kalendertag. Er darf mich auf keinen Fall sehen!«

»Ach so! Weil du ihm ausgerissen bist!« Luise blickte

dem Mann nach, bis er hinter einer Hausecke verschwunden war.

»So, die Luft ist rein! Du kannst wieder hervorkommen!« meldete das Mädchen. »Übrigens sind wir jetzt sowieso in der Nähe des Praters.« Luise dachte eine Weile nach. »Sag mal, Munkelchen«, fragte sie auf einmal, »willst du nicht zur Geisterbahn zurückkehren? Herr Kalendertag macht sich sicher große Sorgen!«

Aber das kleine Gespenst schüttelte nachdrücklich den Kopf.

»Und wer sucht dann die Zahnlücke? Ich gehe erst zurück, wenn ich meine Zahnlücke gefunden habe. Denn ohne sie bin ich nur ein halbes Gespenst! Nur ein Viertelgespenst! Nur ein ... oooh!«

Schon wieder war Munkelchen – wie vom Blitz getroffen – unter dem Kissen verschwunden.

Diesmal aber kroch es sofort wieder hervor.

»Horch!« flüsterte es aufgeregt, »das war meine Zahnlücke! Jemand hat mit der Zahnlücke gepfiffen! Das höre ich sofort!«

Tatsächlich war ein leiser Pfiff ertönt.

Einer der beiden Männer, die vorher in den Hausgang gelaufen waren, hatte ihn ausgestoßen.

Er blickte sich vorsichtig nach allen Seiten um.

Auf der Straße waren gerade wenig Leute zu sehen. Auch Herr Kalendertag rannte sicher schon durch die übernächste Straße. Der Mann mit der Zahnlücke atmete erleichtert auf. Er achtete nicht auf das kleine Mädchen mit dem Puppenwagen, das in der Nähe stand und interessiert in ein Schaufenster starrte.

Dabei gab es in der Auslage nur Kohleöfen zu sehen. Und die interessierten Luise überhaupt nicht.

In Wirklichkeit schielte sie aufmerksam zu dem Mann

hinüber. Und aus dem Inneren des Puppenwagens leuchteten zwei Augen hervor, die ebenfalls jede Bewegung des Fremden beobachteten.
»Sieh nur«, flüsterte Munkelchen, »der Mann hat einen grauen Hut! Sicher hat er meine Zahnlücke gestohlen! Wenn das die Ururoma wüßte!«
»Und jetzt kommt noch ein zweiter dazu!«
Luise war ebenfalls schrecklich aufgeregt.
»Oh, oh, oh!« stöhnte Munkelchen. »Ich muß meine Zahnlücke wiederhaben! Ich muß meine Zahnlücke wiederhaben!«
»Dein Jammern hilft gar nichts. Wir müssen nachdenken, verstehst du?«
Das kleine Gespenst war aber viel zu aufgeregt, um nachdenken zu können. »Schau nur, schau nur, der eine Mann läuft weg! Ihm nach! Ihm nach!«
Munkelchen schrie so laut, daß Luise Angst hatte, die Fremden könnten es hören.
Hastig drückte sie das Gespenst in den Puppenwagen zurück und stülpte ihm das Kissen über den Kopf.
Der Mann überquerte die Straße. Luise überlegte.
Was war zu tun? Sollte sie ihm folgen?
Wer von den beiden hatte überhaupt die Zahnlücke?
Der Dicke, der noch immer an der Hauswand lehnte?
Oder der andere mit der langen Nase, der soeben die gegenüberliegende Straßenseite erreicht hatte?
Am liebsten wäre Luise jetzt nach Hause gerannt und hätte ihren Vater oder einen Polizeibeamten um Hilfe gebeten.
Aber bis dahin wären die beiden Männer schon längst über alle Berge gewesen.
Munkelchens Kopf kam wieder zum Vorschein. »Ist er weg?« fragte es mit zitternder Stimme.

»Nein!« flüsterte Luise. »Schau, er bleibt vor dem Taxi-Ruf stehen. Jetzt telefoniert er.«
»Was ist denn das: Feletonieren?« wollte das kleine Gespenst wissen.
»Er ruft ein Auto herbei!«
»Und dann?«
»Dann steigen die beiden ein und fahren davon.«
»O weh!« Munkelchens Nase hing traurig über den Rand des Puppenwagens. »Dann kriege ich meine Zahnlücke nie mehr! Nie mehr!« klagte es. Eine große Träne quoll ihm aus dem Auge und tropfte auf das Pflaster.
Luise tröstete das kleine Gespenst: »Noch sind die beiden da. Es dauert sicher eine Weile, bis das Taxi ankommt!«
»Aber dann fahren sie weg! Und meine Zahnlücke fährt auch mit! Und ich – hahaptschie!« Munkelchen war so traurig, daß es niesen mußte. Aber nach dem Niesen war es noch ebenso traurig.
Luise überlegte.
»Du bist ein Gespenst!« stellte sie fest. »Und Gespenster können doch allerhand. Zum Beispiel zaubern oder die Leute erschrecken . . .«
»Ich kann nicht zaubern«, seufzte Munkelchen, »ich kann nur pfeifen.«
In diesem Augenblick hatte Luise einen Einfall.

IM ZWEIUNDDREISSIGSTEN KAPITEL

macht Luise mit Erfolg ein harmloses Gesicht. Ein böser Mann pfeift den Radetzkymarsch, und Munkelchen rennt schon wieder jemandem davon

Dick lehnte noch immer an der Hauswand und wartete auf Moritz. Nebenbei beobachtete er wachsam die Straße. Es war ja möglich, daß Herr Kalendertag nach erfolgloser Jagd umgekehrt war und denselben Weg zurückkam.

Vielleicht hatte er inzwischen sogar die Gendarmerie benachrichtigt.

Hoffentlich kam das Taxi bald! Dann hätten die Polizisten das Nachsehen!

Der Dicke strich mit befriedigter Miene über die Brusttasche, in der das gestohlene Geld steckte. Er nahm die Zahnlücke in den Mund und pfiff vergnügt vor sich hin.

»Sie können aber schön pfeifen!« sagte in diesem Augenblick eine Stimme.

Das Nilpferd sah erstaunt auf. Vor ihm stand ein kleines Mädchen mit einem Puppenwagen und schaute ihn bewundernd an. »So schön habe ich noch niemanden pfeifen hören!«

Dick fühlte sich geschmeichelt. »Nicht wahr, da staunst du!« brummte er stolz. »Das kommt daher, weil ich eine Zahnlücke habe! Paß mal auf!« Und dann begann er, den Radetzkymarsch zu pfeifen. Das klang aller-

dings weniger schön, denn Dick war nicht besonders musikalisch.
Inzwischen machte sich Moritz auf den Rückweg.
Luise schien ganz entzückt zu sein über Dicks Künste.
»Darf ich auch mal probieren?« fragte sie mit ihrer harmlosesten Stimme.
»Warum nicht?« meinte Dick. Er sah, daß Moritz soeben am Bürgersteig angelangt war. Das Taxi würde bald eintreffen. Bis dahin konnte er sich ein wenig die Zeit vertreiben. Mit einem freundlichen Grinsen reichte er dem Mädchen die Zahnlücke.
Dann wandte er sich nach Moritz um. »Ist das Taxi bald da?« fragte er.
Auf diesen Augenblick hatte Luise gewartet. Sie fürchtete sich sehr vor den beiden Männern. Fast hätte sie geheult. Aber sie riß sich zusammen. Jetzt oder nie! dachte sie.
»Oh, bin ich ungeschickt!« rief Luise auf einmal.
Sie hatte die Zahnlücke fallen lassen.
Nun geschah alles sehr schnell. Wie der Blitz fuhr ein schwarzes Etwas aus dem Puppenwagen, packte mit einem raschen Griff die Zahnlücke und raste die Straße hinunter.
»Was ist das?« Dem Dicken stand vor Schreck der Mund offen.
»Ach, mein Hund!« rief Luise.
»Halt, halt, stehenbleiben!« schrie das Nilpferd und lief ein paar Schritte hinter Munkelchen her.
Moritz hatte die Szene beobachtet. Er sah Munkelchen. Er sah Dick.
Was lag näher als anzunehmen, daß sich dieses schwarze Ding des Geldes bemächtigt hatte?
Und schon rannte Moritz los. Er wußte, daß er schnell

laufen konnte. Schließlich hatte er endlos lange Beine. »Halt, halt!« brüllte er. »Unser Geld!« Dann war er bereits an Dick und dem Mädchen vorbei.
Das Nilpferd war stehengeblieben.
»Laß doch die Zahnlücke laufen! Das Geld ist ja noch hier!« schrie er.
Aber Moritz hörte ihn nicht mehr. Dick überlegte. Er mußte doch dem Gefährten sagen, daß die Scheine gar nicht gestohlen waren!
Deshalb schnaufte er dreimal tief und kräftig. Und dann stürzte auch er hinterdrein.
Luise sah den dreien nach. Hinten rannte das Nilpferd. Es strampelte so fest mit den dicken Beinen, daß das Pflaster dröhnte.
Vor ihm eilte mit Siebenmeilenschritten der Dünne. Die Rockschöße flogen. Die Hosenbeine flatterten. Und ganz in der Ferne, schon nahe dem Pratereingang, sauste ein schwarzer Punkt dahin: Munkelchen.
Das Mädchen hatte ein wenig Angst um das kleine Gespenst. Trotzdem mußte es lachen. Der Anblick war zu komisch!
Als Munkelchen den Prater erreicht hatte, kam ihm die Umgebung recht bekannt vor. Tatsächlich! Das Gebäude im Hintergrund war ja die Geisterbahn!
Das kleine Gespenst atmete erleichtert auf. Jetzt war es gerettet.
Oder würde es doch noch eingeholt werden? Es warf einen schnellen Blick zurück.
Der Mann mit den langen Beinen war etwas langsamer geworden. Er mußte schon sehr schnaufen. Ganz in der Ferne erschien der Dicke. Er hatte Mühe, voranzukommen.
Das Gespenst hetzte die Straße entlang, die zur Gei-

sterbahn führte. Da war das Kassenhäuschen! Ein sicheres Versteck!
Schon wollte Munkelchen durch die Türe schlüpfen, da fiel sein Blick auf einen Stuhl neben dem Eingang. Aber nicht vor dem Stuhl erschrak es, sondern vor dem Mann, der darauf saß. Er hatte den Kopf nach hinten über die Lehne gebeugt und schnarchte. Das war ... das war doch Herr Siebenfritz! Der Mandelverkäufer! Der Kerl, der Munkelchen in die Mülltonne gesteckt hatte!
»O weh!« dachte das kleine Gespenst. Schon wieder ein Feind! Herr Siebenfritz bewachte gewiß den Eingang, damit Munkelchen sich nicht im Kassenhäuschen verbergen konnte. Was sollte es nur tun? Wo waren seine Freunde, die anderen Gespenster? Hinter sich hörte Munkelchen bereits das Schnaufen des storchenbeinigen Mannes. Das Geräusch kam immer näher. Da nahm das kleine Gespenst einen Anlauf und hüpfte mit einem gewaltigen Sprung über den schlafenden Mandelverkäufer hinweg. Im nächsten Augenblick war es hinter der Bude verschwunden.

IM DREIUNDDREISSIGSTEN KAPITEL

wird Herr Siebenfritz unsanft geweckt und auf einen Stuhl gefesselt, woraufhin jemand einen Schlüssel sucht, der nicht da ist

»He, Sie!« Herr Siebenfritz fühlte sich heftig an der Schulter gepackt und geschüttelt. Er schnaubte einmal ganz fest durch die Nase. Dann schlug er die Augen auf.

Vor ihm stand ein großer, dürrer Mann und sah ihn mit wildem Blick an.

»Ich suche das schwarze Tier, das unser Geld gestohlen hat!« rief er atemlos.

»Wie bitte?« Der Mandelverkäufer blickte verschlafen auf. »Was für ein Tier? Wer sind Sie überhaupt?«

Der lange Moritz untersuchte bereits den Eingang. »Wahrscheinlich hat es sich hier verkrochen! Die Tür ist zugesperrt. Haben Sie einen Schlüssel?«

»Ja, aber . . .«, stammelte der Mandelverkäufer.

»Na, dann her damit!«

»Aber das geht doch nicht!« Herr Siebenfritz dachte an die Gespenster, die im Kassenhäuschen waren. Er durfte sie auf keinen Fall entkommen lassen. »Hören Sie . . .«, versuchte er dem fremden Mann zu erklären.

Aber Moritz ließ ihn nicht ausreden. Todsicher hielt sich das Tier mit dem gestohlenen Geld hier verborgen! Da war keine Zeit zu verlieren. Mit einem schnellen Blick sah er, daß Herr Siebenfritz den Schlüssel in der Hand hielt.

Mit einem ebenso schnellen Griff riß er ihn an sich. Der Mandelverkäufer sprang wütend auf.
»Aber hören Sie!« schrie er, »das geht zu weit! Das kann ich mir nicht bieten lassen! Das grenzt ja an einen Überfall! Ich werde die Polizei verständigen! Sofort werde ich die Polizei verständigen!«
»Gar nichts werden Sie!« knurrte auf einmal eine Stimme. Sie gehörte Dick, der soeben eingetroffen war. »Verstehen Sie denn nicht, daß wir einem Dieb auf der Spur sind?«
»Das ist mir ganz egal«, zeterte Herr Siebenfritz laut, »in das Kassenhäuschen dürfen Sie auf keinen Fall!«
Er sprang zum Eingang und versuchte, Moritz, der sich immer noch am Türschloß zu schaffen machte, wegzuschieben.
Dick hatte sich ängstlich umgesehen. »Veranstalten Sie keinen solchen Krach!« rief er beschwörend. »Sie machen ja alle Leute auf uns aufmerksam!«
»Das ist mir gerade recht! Sie sollen nur aufmerksam werden!« Herr Siebenfritz ließ sich nicht beruhigen. Er dachte an die Gespenster. Und an die zehntausend Schilling. Diesmal sollten sie ihm nicht wieder verlorengehen! Aber ach – gerade war es Moritz gelungen, das Schloß aufzusperren. Er öffnete die Tür.
Und ehe Herr Siebenfritz protestieren konnte, hatte ihn der Dicke gepackt und durch den Eingang in das Innere des Häuschens gestoßen.
»So!« sagte das Nilpferd. »Hier hört man uns wenigstens nicht. Jetzt können Sie schreien, so viel Sie wollen!«
Er blickte sich mit zufriedener Miene um. Plötzlich blitzten sein Augen überrascht auf. Vorhin, als sie das Geld gestohlen hatten, war das Kassenhäuschen leer

gewesen. Jetzt aber saß ein alter Mann mit einem langen, weißen Bart in der Mitte des Zimmers.
Aber Dick hatte im Augenblick keine Zeit für die seltsame Gestalt. Er mußte sich dem Gefangenen zuwenden. Mit vereinten Kräften drückten die beiden Diebe den armen Mandelverkäufer auf einen leeren Stuhl. Herr Siebenfritz wehrte sich heftig, schlug mit den Armen um sich und strampelte mit den Beinen.
»Es ist das beste, wir fesseln ihn erst einmal«, keuchte der Storch.
»Womit?« fragte sein Kumpan, während er half, Herrn Siebenfritz festzuhalten. Moritz sah sich um.
»Da haben wir ja ein Tuch!« brummte er.
Das Tuch fühlte sich etwas seltsam an. Aber der Lange achtete nicht weiter darauf.
Im Nu war Herr Siebenfritz an den Stuhl gebunden. Der Schal, um seinen Mund gewickelt, verhinderte, daß er um Hilfe rufen konnte.
»So, das wäre geschafft!« seufzte Moritz und wischte sich den Schweiß von der Stirne. »Jetzt können wir ungestört darangehen, dem schwarzen Vieh das Geld abzunehmen!«
Dick sah ihn vorwurfsvoll an: »Du scheinst Watte in den Ohren zu haben!«
»Wieso?«
»Ich habe dir doch laut und deutlich nachgerufen, daß ich das Geld noch habe. Aber du hast nicht auf mich gehört und bist hinter diesem blödsinnigen Hund hergelaufen. Jetzt sitzen wir hier, und unsere Lage ist außergewöhnlich gefährlich. Jeden Augenblick kann der Geisterbahnbesitzer mit der Polizei erscheinen. Und dann werden wir verhaftet.« Der Lange verstand immer noch nicht. Er blickte seinen Spießgesellen mit

großen Augen an. »Waas?« fragte er gedehnt, »du hast das Geld noch?«
»Natürlich!« bestätigte das Nilpferd.
»Das glaube ich nicht! Du willst mich für dumm verkaufen!«
»Das tue ich nicht, denn bei so viel Dummheit kommt mir das zu teuer«, spottete Dick. »Schau, was ich hier habe!«
Und mit siegessicherer Miene zog der Dieb das Geldbündel aus der Tasche.
»Alle Wetter!« staunte Moritz. »Dann hat der Hund gar nichts gestohlen?«
»O doch! Die Zahnlücke! Aber darauf können wir verzichten. Das Geld ist wichtiger. Und jetzt schlage ich vor, so schnell wie möglich zu verduften!«
Die beiden Männer wandten sich dem Ausgang zu. Aber die Türe war verschlossen.
»Na, mach schon! Rück den Schlüssel raus!« brummte Dick.
Moritz sah ihn erstaunt an.
»Wieso ich? Ich denke, du hast abgeschlossen?«
Jetzt wurde das Nilpferd wütend. »Mach keine Witze!« knurrte es. »Du bist als erster hereingekommen. Also hast du aufgesperrt. Und jetzt möchte ich hier verschwinden, bevor die Polizei anrückt!«
Moritz blickte sich unsicher um. »Ja, ich habe die Türe aufgesperrt, und danach ...« Er dachte angestrengt nach. »Und danach habe ich ... glaube ich ... den Schlüssel draußen steckenlassen!«
Dick rüttelte noch einmal an der Türe. Dann ging er mit großen Schritten auf und ab. Er wurde immer nervöser. »Das verstehe ich nicht«, rief er ärgerlich. »Wenn du den Schlüssel draußen steckengelassen hast,

muß die Türe offen sein. Von selbst dreht sich kein Schlüssel im Schloß herum!«
»Auf jeden Fall sitzen wir ganz schön in der Patsche!« schimpfte der Dicke wütend. »Das ist eine Folge deiner Dusseligkeit! Hätte ich doch auf das Taxi gewartet, anstatt dir Kamel nachzulaufen! Dann wäre ich jetzt in Sicherheit.«
Mit einem Plumps ließ er sich auf das Sofa fallen.
Moritz brauste auf. »Was heißt hier Kamel! Und Dusseligkeit! Solche Ausdrücke verbitte ich mir! Sonst verlange ich meinen Anteil und gehe meine eigenen Wege!«
»Geh nur, wenn du kannst, haha!« lachte das Nilpferd boshaft. »Ohne Schlüssel dürfte das schwierig sein!«
»Und wenn wir die Türe aufbrechen?« schlug Moritz vor.
»Ich habe eine bessere Idee!« sagte Dick plötzlich.
Er blickte auf den Alten, der immer noch in der Mitte des Zimmers hockte und stumpfsinnig vor sich hin brütete. Es sah aus, als sei er schwerhörig, kurzsichtig und stumm in einer Person. In Wirklichkeit aber hatte der Eisgraue dem Gespräch der beiden Männer aufmerksam zugehört und bereits erraten, was geschehen war.
Dick stand auf und deutete auf den Alten:
»Der Opa scheint hier zu wohnen«, meinte er. »Und wenn er hier wohnt, muß er auch einen Schlüssel für das Häuschen haben!«
»Das ist wahr!« stimmte Moritz zu.
Er trat an das Gespenst heran und rüttelte es an der Schulter. »He, Alter«, schrie er ihm ins Ohr, »gib uns deinen Hausschlüssel!«
Der Eisgraue rührte sich nicht.

Er hatte sich schon einen Plan zurechtgelegt. Für ein so erfahrenes Gespenst gab es kein langes Überlegen. Natürlich mußte Herr Kalendertag sein Geld zurückerhalten!

»Der Alte scheint völlig taub zu sein!« meinte Moritz zu Dick.

»Wir werden es gleich ganz genau wissen!« antwortete sein Kumpan.

»Vielleicht stellt er sich nur so. Aber das soll ihm schon vergehen!« Mit drohender Miene trat der Dicke auf den Eisgrauen zu. Er faßte ihn am Bart und zerrte heftig daran. Dabei schrie er, so laut er konnte: »Gib den Schlüssel raus, Opa, sonst sollst du was erleben!«

In diesem Augenblick geschah etwas sehr Ungewöhnliches.

IM VIERUNDDREISSIGSTEN KAPITEL

geben vier Gespenster eine Sondervorstellung, die sich gewaschen hat. Fesseln lösen sich von selbst, und die Diebe wollen alles gestehen

Als das Nilpferd den Eisgrauen am Bart zog, begann dessen Kopf plötzlich auf unnatürliche Weise zu wakkeln. Dann löste er sich vom Rumpf, hüpfte auf den Fußboden und rollte in die Ecke des Zimmers. Der Dicke fühlte, wie seine Knie zu zittern begannen. Schwer atmend mußte er sich an die Tischkante klammern.

Moritz hatte sich auf das Sofa gesetzt. Er schluckte dreimal ganz heftig. Dann rieb er sich die Augen, um festzustellen, ob er nicht träumte. Er träumte nicht.

»Das ist . . . das ist doch . . .«, stotterte er mit bleichem Gesicht.

Inzwischen hatte der Dicke seine Sprache wiedergefunden. »Haha«, lachte er, »sind wir Angsthasen! Der Alte ist doch nur eine Wachspuppe! Schließlich gehört dieses Haus einem Geisterbahnbesitzer!«

»M-meinst du?« fragte der Lange zögernd. Seine Kniescheiben waren immer noch recht weich.

»Meinst du? Meinst du?« echote es plötzlich von der Wand. Moritz fuhr mit einem Ruck herum. Wer hatte da gesprochen? War es die ausgestopfte Eule, die auf einem Haken neben der Tür saß? Aber . . .

»Jetzt reicht es mir langsam!« Dick stand entschlossen auf. »Daß Papageien zuweilen plappern, weiß ich. Aber daß eine ausgestopfte Eule zu reden anfängt, geht über sämtliche Hutschnüre. Ich glaube, es ist besser, wir verschwinden hier. Und wenn wir das Schloß aufbrechen müssen!«

Da öffnete auf einmal der Kopf des Eisgrauen, der noch immer in der Ecke lag, den Mund und sagte:

»Das würde ich nicht tun!« Er war ganz olivgrün geworden, und seine Augen blickten starr auf die Diebe.

Moritz verlor die Nerven.

»Zu Hilfe! Zu Hilfe!« schrie er und rüttelte verzweifelt am Türgriff.

Aber jetzt ging es erst richtig los!

Wie von unsichtbarer Hand bewegt, rollte der Kopf des Eisgrauen zur Mitte des Zimmers und hüpfte wieder auf den Rumpf. Er hatte die Farbe einer reifen Tomate angenommen und sah fürchterlich aus.

»Ihr Bösewichte!« rief er mit donnernder Stimme, »glaubt nicht, daß ihr entkommen könnt! Wer hat Munkelchen die Zahnlücke weggenommen? Wer hat dem Herrn Kalendertag das Geld gestohlen? Ihr seid zwei ganz gemeine Schufte und Diebe! Nun sollt ihr eure gerechte Strafe erhalten!«

Mit immer größerem Schrecken hörten die Beschuldigten die Worte des Gespenstes. Sie waren nicht fähig zu antworten. Sie starrten nur stumm und mit weitaufgerissenen Augen auf das, was geschah.

»Drauf, Freunde, zeigt es ihnen!« kommandierte der Eisgraue. Und was dann passierte, war unbeschreiblich.

Wie eine Rakete fuhr Pollux jaulend unter dem Sofa hervor. Moritz machte vor Schreck einen Hochsprung, der ihm sicher das Goldene Sportabzeichen eingebracht hätte. Es half aber nichts. Denn in dem Augenblick, als er den Boden wieder erreichte, packten ihn die scharfen Zähne am Hosenbein. Mit lautem Knirschen zerriß der Stoff.

Die Echo-Eule verließ ihren Sitzplatz und flatterte mit rauschenden Flügelschlägen durch das Zimmer. Sie verfolgte die Bösewichte kreuz und quer durch den Raum.

Wohlgezielte Schnabelhiebe prasselten auf die Köpfe nieder. Der Eisgraue hatte sich zu seiner vollen Größe aufgerichtet. Wie ein Riese stand er in der Mitte des Zimmers. Sein Bart flatterte, seine Augen blitzten, sein Gesicht war violett geworden.

Er brachte vor Wut sogar etwas fertig, was ihm in seiner ganzen Geisterlaufbahn noch nie gelungen war: Aus den Nasenlöchern züngelten kleine Stichflammen. Es roch nach Schwefel. Rauchwölkchen schwebten zur Decke. Schon der bloße Anblick ließ die Diebe erbeben. Aber nicht nur Moritz und Dick waren Zeugen dieses schauerlichen Geschehens. Noch einer verfolgte entsetzt das Schauspiel: Herr Siebenfritz. Er saß festgebunden auf dem Stuhl, unfähig, sich zu bewegen. Doch plötzlich löste sich das Tuch, mit dem er gefesselt war. Ganz von selbst öffneten sich die Knoten.

Der Mandelverkäufer konnte sich wieder rühren. Aber er tat es nicht. Er war starr vor Schreck.

Er sah nur erstaunt, wie der Schal durch die Luft wirbelte, wie von Geisterhand bewegt.

Und mit einem Mal stand ein weißes Gespenst im Zimmer: Schabernack. Als er sah, wie die anderen Gespenster über die Diebe herfielen, hielt ihn nichts mehr zurück.

Das war etwas für ihn! Jetzt fühlte er sich in seinem

Element! Wie eine Seifenblase schwebte er ein wenig in die Höhe. Und dann stürzte er sich mit einem schrillen Heulton, der jedem Feuerwehrauto Ehre gemacht hätte, auf den unglücklichen Dick.

Das war zu viel für den Dieb! Von der Eule gejagt, vom Eisgrauen erschreckt, war er von einer Ecke des Zimmers in die andere gehüpft. Jetzt stand ihm plötzlich eine weiche, weiße Wand im Weg. Wohin er sich auch wenden wollte, überall streckten sich ihm zehn, zwanzig bleiche Geisterhände entgegen. Sie zwickten und stachen und kratzten und und boxten, daß ihm Hören und Sehen verging. Es schien, als würde er von einem ganzen Bienenschwarm verfolgt.

»Hilfe!« brüllte Dick verzweifelt. »Hilfe, ich bereue alles! Nie mehr in meinem Leben will ich etwas stehlen! Hört auf! Hört auf!«

Moritz erging es nicht besser. Auch er wurde von Pollux und der Echo-Eule so lange verfolgt, bis er die feierlichsten Eide schwor, sich zu bessern.

In dem kleinen Kassenhäuschen herrschte ein gewaltiger Lärm, daß man die Geräusche gar nicht hörte, die mittlerweile draußen ertönten.

Mehrfach hatte es bereits gegen die Pforte gepocht. Immer heftiger. Auf einmal gab es einen ohrenbetäubenden Krach. Holz splitterte. Dann sprang mit einem Ruck die Türe auf.

Jetzt trat Stille ein. Dick und Moritz atmeten erleichtert auf. Sie fühlten sich erlöst. Wie die Prinzessin im Märchen.

Auch die Gespenster hielten inne.

IM FÜNFUNDDREISSIGSTEN KAPITEL

hören wir, daß die Polizei weder beißt noch kratzt. Luischen muß eine Geschichte erzählen, und Hauptwachtmeister Knorpel rammt eine Tür

Luise war mit ihrem leeren Puppenwagen mitten auf dem Bürgersteig stehengeblieben und hatte den beiden Dieben nachgeblickt.

Plötzlich kamen eine Menge Leute die Straße herunter. Allen voran marschierte Herr Kalendertag. Er hatte inzwischen die Polizei unterrichtet. Zuerst wollte Luise schnell wegrennen. Aber dann fiel ihr ein, daß sie überhaupt nichts angestellt hatte. Neugierig war sie außerdem.

Und deshalb blieb sie stehen und wartete.

»An dieser Stelle habe ich die Diebe zum letztenmal gesehen!« erklärte gerade Herr Kalendertag laut.

Dann entdeckte er Luise.

»Ah, da ist ja das Mädchen, an dem ich vorhin vorbeigerannt bin!« rief er erfreut. »Vielleicht kann es uns sagen, wohin die beiden Schurken verschwunden sind!«

Im Nu war Luise umringt.

Ängstlich hob sie den Kopf.

Luise fürchtete sich vor diesen vielen Menschen. Aber die Leute schauten eigentlich recht freundlich drein. Ein dicker Polizist mit einem noch dickeren Schnauzbart sagte: »Nur keine Angst, mein Fräulein! Die Polizei beißt nicht und kratzt auch niemandem die

Augen aus. Wir suchen zwei Männer, die, wenn ich richtig informiert bin, graue Hüte tragen und eine Menge Geld gestohlen haben!«
»Ach ja«, rief Luise, »das sind die Zahnlückendiebe!« Und dann begann sie zu erzählen.
Es war richtig spannend, und die Leute staunten, was das kleine Mädchen alles wußte.
»Alle Wetter!« knurrte der dicke Polizist.
Und ein Mann mit einer Brille – es war Reporter Schnell – zog sogar einen Block heraus und machte sich Notizen. »Das mußt du mir noch genauer berichten«, sagte er manchmal, wenn eine Stelle besonders interessant war. Er war auf dem Weg zum Prater gewesen und hatte dabei zufällig Herrn Kalendertag und die Polizisten getroffen.
Der Wachtmeister unterbrach schließlich. »Vorwärts, meine Herren!« brummte er. »Wir dürfen keine Zeit verlieren. Wie es scheint, befinden sich die Diebe im Pratergelände. Es wäre schade, wenn sie uns entwischten!« Der Gendarm marschierte los. Er machte solche Riesenschritte, daß Herr Kalendertag neben ihm herlaufen mußte.
Die anderen Leute eilten hinterdrein. Sie wollten natürlich nichts verpassen. Auch große Leute sind bekanntlich sehr neugierig. Luise faßte mit einer Hand den Reporter am Ärmel. Mit der anderen schob sie ihren Puppenwagen. So folgte sie der Menge.
Vor dem Kassenhäuschen hielt die Schar an. Die Leute begannen zu lauschen und wunderten sich. Aus dem Gebäude kam nämlich ein ganz unerhörter Lärm.
»Wenn das nicht außerordentlich verdächtig ist«, sagte der dicke Hauptwachtmeister nachdenklich und strich sich den Schnurrbart, »dann will ich Kasimir heißen!«

»Meinen Sie, die Diebe hätten sich in dem Kassenhäuschen verschanzt?« wollte Herr Kalendertag wissen.
»Das werden wir gleich sehen!«
Herr Knorpel – so hieß der Polizist – schritt entschlossen zur Türe und versuchte, sie zu öffnen. Sie war zugesperrt. »Haben Sie einen Schlüssel?« fragte er Herrn Kalendertag.
Der Geisterbahndirektor suchte in allen Taschen.
»Ich glaube, ich habe ihn vorhin an der Türe steckenlassen«, erklärte er nach einer Weile.
»Hm!« brummte der Wachtmeister und runzelte die Stirne. »Da ist er nicht!«
»Hm!« brummten auch die anderen Polizisten und machten ebenfalls nachdenkliche Gesichter.
»Also scheint ihn jemand abgezogen zu haben«, mischte sich Herr Schnell ein. Er klopfte mit der Faust einige Male laut gegen die Pforte. Niemand öffnete.
Im Gegenteil: Der Lärm im Inneren wurde immer entsetzlicher.
»Ich glaube, es läßt sich nicht umgehen, die Türe einzudrücken. Wer weiß, was da drinnen sonst noch geschieht!« meinte der Reporter.
Wachtmeister Knorpel nickte. Er ging einige Schritte zurück. Dann begann er, auf den Eingang zuzulaufen. Seine Schulter prallte mit aller Wucht gegen die Türe. Rumms! machte es. Das ganze Gebäude zitterte. Aber das Schloß gab nicht nach.
Der Polizist nahm nochmals Anlauf. Ein Kollege unterstützte ihn. Zu zweit prallten sie jetzt gegen die Pforte. Da gab es einen Ruck. Fast wären die beiden Männer hingefallen. Die Türe war aufgesprungen.
Die umstehenden Leute streckten die Köpfe vor.
Aufgeregt hatte Luise die Hand des Reporters gefaßt.

IM SECHSUNDDREISSIGSTEN KAPITEL

werden zwei Bösewichte endlich verhaftet. Herr Kalendertag kann die Gespenster in Empfang nehmen, und ein Mädchen findet überraschenderweise seinen Vater wieder

Die Polizisten hatten sich neben den Eingang gestellt und hielten die Handschellen bereit.
»Kommen Sie heraus! Hier ist die Polizei!« rief Herr Knorpel mit Donnerstimme in den Raum hinein.
Dort war es ruhig geworden. Eine kleine Weile verstrich. Dann erschien auf einmal jemand in der Türe. Es war ein alter Mann mit einem langen, weißen Bart. Aber er ging nicht gebückt, sondern hoch aufgerichtet, und seine Gestalt füllte fast die Türöffnung aus.
Den Hauptwachtmeister beeindruckte das überhaupt nicht.
»Im Namen des Gesetzes: Sie sind wegen Diebstahls verhaftet!« sagte er laut.
Dann gab er den anderen Polizisten einen Wink. Und ehe sich jemand dessen versah, hatten sich um die Gelenke des alten Mannes die Handschellen geschlossen.
Herr Kalendertag beobachtete es mit Staunen.
»Aber . . . aber . . .«, stotterte er, »das ist doch der Eisgraue! Das ist gar kein Dieb! Das ist eines der Gespenster!« Jetzt wurde auch Herr Knorpel unsicher. »Wie? Was?« fragte er erstaunt. »Gespenster? Wollen Sie mich verulken?«

Sein Gesicht nahm einen ziemlich ungnädigen Ausdruck an.
Herr Schnell begann zu lachen. »Hören Sie, Herr Hauptwachtmeister«, schmunzelte er, »Sie machen ja eine Miene, als hätten Sie ein Brauereipferd verschluckt. Ich werde Ihnen später alles erklären. Aber diesen Herrn mit dem langen Bart können Sie ruhig freilassen. Er ist wirklich unschuldig!«
Herr Knorpel sah den Reporter zweifelnd an.
Widerwillig nahm man dem Eisgrauen die Handschellen ab.
»Ah, da ist ja auch Pollux!« rief in diesem Augenblick Herr Kalendertag erfreut. Das graue Gespenst hatte sich gerade mit einem scheuen Blick aus der Türe geschlichen.
Sofort nahm der Geisterbahnbesitzer es in seine Obhut.
Dann ertönte lautes Flügelschlagen, und die Echo-Eule erschien. Die Polizisten zogen ängstlich die Köpfe ein. Das Gespenst drehte eine Ehrenrunde und setzte sich dann auf die Schulter seines Besitzers.
Der Direktor konnte sich vor Freude gar nicht fassen. »Hurra! Die Gespenster sind wieder da! Hurra! Die Gespenster sind wieder da!« jubelte er und schwenkte den Zylinder hin und her.
Auch die anderen Leute lachten über die seltsamen Gestalten, die aus dem Kassenhäuschen kamen.
Aber die Überraschungen sollten noch nicht zu Ende sein.
Schabernack erschien und wickelte sich um Herrn Kalendertags Arm. Schließlich schwankte jemand mit glasigen Augen aus der Türe.
»Vater!« rief Luise erstaunt. Es war tatsächlich Herr

Siebenfritz, der da zum Vorschein kam. Die Polizisten hoben schon die Handschellen, um ihn festzunehmen, aber Herr Kalendertag schüttelte den Kopf.
»Das ist kein Dieb!« murmelte er.
»Was tun denn Sie in dem Kassenhäuschen?« fragte der Reporter.
Herr Siebenfritz umarmte Luise und gab dann Herrn Schnell die Hand.
»Leute, ich kann euch sagen . . .«, stöhnte er, »bin ich froh, daß ich wieder an der frischen Luft bin!«
»Wieso? Warum?« erkundigten sich die Umstehenden neugierig. Aber Luises Vater hatte keine Zeit zu antworten, denn soeben erschienen völlig verstört Dick und Moritz. Ihre Kleider waren schmutzig und zerrissen. Moritz blutete sogar an der Hand. Pollux hatte ihn gebissen.
»Das sind die Diebe!« verkündete der Geisterbahnbesitzer aufgeregt.
»Endlich!« brummte Hauptwachtmeister Knorpel.
Dann verhaftete er die beiden.
»Sie werden noch von mir hören«, meinte er zu Herrn Kalendertag, als er die Bösewichte abführte.
Der Direktor bekam einen Schreck.
»Wieso?« fragte er, »habe ich etwas angestellt?«
Der Hauptwachtmeister lachte. »Ich hoffe nicht! Aber ich muß ein Protokoll von dem ganzen Vorfall aufnehmen. Und dazu brauche ich natürlich Ihre Aussage.«
Herr Kalendertag atmete erleichtert auf. »Gott sei Dank! Ich dachte schon, Sie wollen mich ebenfalls verhaften.«
Langsam zogen die Zuschauer ab. Sie folgten den Gendarmen, um zu sehen, wie die beiden Diebe in das Polizeiauto verladen wurden.

Bald standen nur noch Herr Schnell, Herr Siebenfritz und Luise auf dem Platz. Und natürlich Herr Kalendertag, der voll Freude seine Gespenster betrachtete.
»So, und jetzt trinken wir alle miteinander zuerst einmal einen heißen Kaffee!« schlug der Direktor schließlich vor. Luise stellte ihren Puppenwagen neben den Eingang. Dann marschierten sie alle in das Kassenhäuschen.
Herr Kalendertag knipste das Licht an, denn inzwischen war es dämmerig geworden.
»Und nachher erzählen wir in aller Ruhe unsere Erlebnisse!« meinte Reporter Schnell.
Aber sie kamen immer noch nicht dazu.
Ein lautes Pochen an der Türe schreckte sie auf.
Herr Kalendertag öffnete. »Ah! Die Uroma!« rief er erstaunt. »Was suchst du denn hier?«
Mit aufgeregtem Knochenklappern tapste das alte Gespenst über die Schwelle.
»Ururoma, bitte!« meinte sie zurechtweisend. »Eigentlich könnte man mir mein Alter ansehen!« Und dann verkündete sie, daß sie sich beschweren wolle. Sie hätte gerade in der Geisterbahn ein Schläfchen gehalten, als ein solcher Lärm . . .
»Jaja«, lachte der Direktor, »das wird dir alles noch erklärt werden!«
»Jetzt ist wohl die Geisterbahn komplett?« erkundigte sich der Reporter.
Da meldete sich Luise zu Wort: »Wo ist Munkelchen? Es ist vor den Dieben davongelaufen . . .«
»Ja, wo steckt Munkelchen?« fragte der Direktor.
»Wo ist Munkelchen?« fragte auch Herr Siebenfritz.
In diesem Augenblick ertönte vor dem Kassenhäuschen ein Pfiff.

»Das ist das kleine Gespenst! Den Pfiff kenne ich!« rief Herr Kalendertag.
Sie stürzten nach draußen. Die Sonne stand schon sehr tief, und die Bäume an der Straße warfen lange Schatten. Alle blickten suchend umher. Wo war Munkelchen?
»Hier liegt es! Im Puppenwagen!« meldete sich Luise.
Das kleine Gespenst war tatsächlich in den Wagen gekrochen. Luise hob es hoch und schleppte es ins Haus.
»Und der Schlüssel ist auch wieder da!« verkündete Herr Siebenfritz. Er hatte ihn unter dem Kopfkissen entdeckt. »Dann hat ja Munkelchen die Tür abgeschlossen! Meine Hochachtung!«
Jetzt waren endlich alle beisammen.
»Kinder, das müssen wir feiern!« rief Reporter Schnell. Er war natürlich neugierig, was alle zu erzählen hatten. Aber Herr Siebenfritz winkte ab.
»Heute nicht«, sagte er. »Mutter wird sich Sorgen machen, weil Luise so lange wegbleibt.«
Er faßte seine Tochter an der Hand. »Für uns wird es höchste Zeit zum Heimgehen!«
»Aber die Feier muß auf jeden Fall nachgeholt werden!« meinte Reporter Schnell begeistert.
»Meinetwegen«, stimmte Herr Siebenfritz zu, »und wo soll das Ereignis stattfinden?«
Herr Kalendertag warf sich in die Brust. »Natürlich in der Geisterbahn. Ich habe Ihnen sehr zu danken, meine Herren!« Er verbeugte sich verbindlich nach allen Seiten.
Dann verabschiedeten sich Herr Schnell, Herr Siebenfritz und Luise mit dem Versprechen, am nächsten Tag wiederzukommen.

IM SIEBENUNDDREISSIGSTEN KAPITEL

wird ein großer Gugelhupf verspeist. Man stellt sich die Frage, wer nun eigentlich die Belohnung erhält, und Herr Kalendertag hat eine Überraschung bereit

Es wurde eine herrliche Feier. Alle hatten sich in der Geisterbahn eingefunden: Herr Schnell, Herr und Frau Siebenfritz und Luise. Außerdem brachte der Reporter noch Herrn Knorpel mit. Der Hauptwachtmeister hatte nämlich gerade dienstfrei. Und das Protokoll konnte er dabei auch gleich anfertigen. Luise wurde von ihrer Freundin Brigitte begleitet. »Du bist schließlich in die Angelegenheit verwickelt«, meinte sie. »Ohne dich wären wir nicht beim Zahnarzt gewesen. Und wenn wir nicht beim Zahnarzt gewesen wären, hätten wir die Diebe nicht gefunden. Und wenn wir die Diebe nicht gefunden hätten . . .«

Da sagte Brigitte »ja« und kam mit.

Herr Kalendertag braute in einem Riesentopf eine Riesenmenge Kaffee. Frau Siebenfritz hatte Berge von Kuchen angeschleppt. Sie deckte den Tisch. »Das ist Marmorkuchen«, erklärte sie. »Und das ist eine Königintorte. Und hier habe ich noch einen Gugelhupf. Damit niemand behaupten kann, Frau Siebenfritz hätte ihn verhungern lassen!«

»Das reicht ja für eine ganze Schulklasse!« staunte Herr Schnell. Er nahm sich ein Stück Gugelhupf und biß kräftig hinein.

Schließlich war er Junggeselle. Und für Junggesellen gibt es nicht jeden Tag Kuchen.
Die Mädchen tranken Limonade. Auch Munkelchen trank mit.
Anschließend gab es Schokolade- und Vanilleeis. Herr Schnell hatte es mitgebracht. Das ließen sich auch die Gespenster schmecken.
Pollux verlangte gleich eine doppelte Portion.
Dann ging es ans Erzählen. Wie staunten Herr Schnell und Hauptwachtmeister Knorpel, als sie die ganze Geschichte erfuhren.
Frau Siebenfritz schilderte ihr seltsames Erlebnis in der Straßenbahn, ihr Mann gab seine Gespensterjagd zum besten, Herr Kalendertag erinnerte sich noch einmal an den schrecklichen Montagmorgen, und Munkelchen mußte haargenau erzählen, wie es dem Langen davongelaufen war, und wie es nachher den Einfall hatte, die Türe der Kassenbude abzuschließen.
Schließlich begann Luise zu berichten. Wenn sie nicht weiter wußte, wurde sie von Brigitte unterstützt.
Mit Staunen erfuhren die Zuhörer, wie das Mädchen zu spät in die Schule gekommen war, und wie es mit dem frechen Anton gerauft hatte.
»Aber Luise!« sagte Frau Siebenfritz entsetzt. »Ich werde zu deiner Lehrerin gehen müssen, um mich zu entschuldigen!«
Beim Zahnarzterlebnis mußten alle lachen.
Selbst Herr Kalendertag kicherte, daß die Uhrkette auf seinem Bauch hin und her hüpfte.
Reporter Schnell hatte den Notizblock hervorgezogen und schrieb mit. Manchmal schüttelte er den Kopf. Dann murmelte er: »Das ist ja unglaublich!« Oder: »Na, so was!«

Als die beiden Mädchen ihre Geschichte beendet hatten, klappte er den Block mit einem lauten Knall zu und rief begeistert: »Fabelhaft! Fabelhaft! Das gibt einen tollen Artikel in meiner Zeitung! So etwas erlebt man nicht alle Tage. Wenn man's überhaupt erlebt!«
»Aber jetzt«, unterbrach ihn Herr Kalendertag, »wollen wir vor allem auf den glücklichen Ausgang der Geschichte anstoßen! Sonst wird der Kaffee kalt. Und kalter Kaffee schmeckt so schlecht wie . . . wie . . . na, einfach wie kalter Kaffee!«
Der Direktor stand auf und blickte sich um. Er machte ein ganz feierliches Gesicht. Alle wurden still und sahen ihn gespannt an. »Zuerst möchte ich meine Kaffeetasse erheben auf das Wohl der beiden Mädchen!« rief Herr Kalendertag. »Wenn sie sich nicht so tapfer um Munkelchen gekümmert hätten, wäre die Sache wahrscheinlich schlimm ausgegangen. Vor allem hätten sich die Diebe mit meinem Geld ungehindert aus dem Staub gemacht!«
»Bravo! Und die Zahnlücke wäre auch auf Nimmerwiedersehen verschwunden!« ergänzte der Reporter.
Die beiden Mädchen waren rot geworden.
»Na, nun bildet euch bloß nichts darauf ein«, lachte Frau Siebenfritz. »Sonst werdet ihr noch ganz dick vor lauter Stolz. Und dann gibt es einen Knall – und ihr seid geplatzt!«
»Die Hauptsache ist, daß ihr beim Zahnarzt gewesen seid!« meinte Luises Vater schmunzelnd.
Dann stieß man zuerst einmal an. Die Erwachsenen mit den Kaffeetassen, und die Mädchen mit den Limonadengläsern. Und die Männer anschließend noch mit einem Schnaps. Herr Knorpel hatte nämlich eine Flasche mitgebracht.

»Nein, die Hauptsache ist etwas ganz anderes!« rief Reporter Schnell.
»Was denn?« fragte Herr Kalendertag neugierig.
»Was denn?« fragten auch die anderen.
»Die Hauptsache ist: Wer kriegt nun die Belohnung?«
Da wurden alle still und sahen sich an. Ja, wer bekam denn nun die Belohnung?
Herr Kalendertag kratzte sich verlegen am Kopf.
»Muß ich wirklich . . .«, fragte er zögernd.
Aber Hauptwachtmeister Knorpel unterbrach ihn sogleich: »Die Belohnung muß auf jeden Fall bezahlt werden«, stellte er fest. »Das steht schließlich in der Zeitungsannonce!«
»Und zwar an denjenigen«, ergänzte Reporter Schnell, »der die Gespenster zurückgebracht hat.«
»Aber wer hat nun eigentlich die Gespenster zurückgebracht?« wollte der Direktor wissen.
Herr Siebenfritz warf sich in die Brust: »Das bin ohne Zweifel ich! Ich habe die Gespenster im Kassenhäuschen eingesperrt!«
»Und sind selber mit eingesperrt worden«, lachte der Reporter. »Das gilt nicht!«
»Wer ist es dann, wenn nicht ich?« fragte Herr Siebenfritz enttäuscht.
Herr Schnell erhob sich. »Ich weiß, wer das Geld bekommen soll!« rief er eifrig. Alle horchten auf.
Da erklärte der Reporter, daß nur derjenige die Belohnung erhalten könne, der Munkelchen zurückgebracht hat. Denn die Geister seien ausgezogen, um das kleine Gespenst zu suchen. Und wenn sie es gefunden hätten, wären sie von selber wieder zurückgekehrt.
»Stimmt das?« erkundigte sich der Geisterbahndirektor.

Der Eisgraue bejahte.
Alle sahen plötzlich auf Luise. Sie hatte sich um Munkelchen gekümmert. In ihrem Puppenwagen war das kleine Gespenst entdeckt worden.
»Sind die Herrschaften mit meinem Vorschlag einverstanden?« fragte Herr Schnell und blickte sich um.
Die Anwesenden nickten. Selbst Herr Siebenfritz hatte nichts dagegen. Schließlich war Luise seine Tochter, und das Geld blieb in der Familie.
Am eifrigsten aber nickte Herr Kalendertag. Er stand auf und gab dem Mädchen die Hand. »Ich gratuliere!« rief er.
Auch die anderen gratulierten.
Dann flog Luise ihrer Mutter um den Hals. »Jetzt bekommst du zum Geburtstag die Waschmaschine!« strahlte sie.
»Da muß ich mich erst einmal setzen!« sagte Frau Siebenfritz überrascht. In Wirklichkeit saß sie aber bereits. »Ich glaube«, meinte sie dann, »daß wir andere Dinge notwendiger brauchen.« Sie strich Luise übers Haar. »Zum Beispiel einen neuen Wintermantel für dich. Und für Papa ein Paar neue Schuhe!«
Aber Herr Siebenfritz protestierte. »Luise hat recht! Du bekommst deine Waschmaschine. Basta!« Und wenn Herr Siebenfritz basta sagte, gab es nichts mehr zu rütteln.
Es wurde noch ein sehr netter Abend. Hauptwachtmeister Knorpel holte zum zweitenmal Limonade für die Mädchen. Und die Erwachsenen tranken sogar eine Flasche Sekt miteinander.
Dann sangen Brigitte und Luise das Lied »Froh zu sein bedarf es wenig«. Und Herr Schnell klatschte dazu im Takt.

Am lustigsten wurde es, als die Gespenster eine Sondereinlage gaben. Sie spielten noch einmal die Szene, wie sie die beiden Diebe erschreckt hatten. Die Echo-Eule flog kreischend herum, Schabernack war vor lauter komischen Einfällen gar nicht zu bremsen, und der Eisgraue ließ seinen Kopf im Zimmer herumrollen und wechselte dauernd die Gesichtsfarbe. Die Zuschauer lachten sich halbtot bei der Vorstellung. Schließlich war Herr Knorpel so lustig geworden, daß er auf dem Tisch einen Handstand probierte. Herr Schnell konnte ihn gerade noch festhalten, sonst wäre er heruntergefallen.

»Und jetzt«, rief Herr Kalendertag laut, »gibt es eine Gratisfahrt auf der Geisterbahn!«

Da wanderten sie gemeinsam zum Gebäude der Geisterbahn hinüber. Die Gespenster nahmen ihre Plätze ein. Alle anderen setzten sich in die Wagen. Der Direktor schob an, Munkelchen pfiff, so laut es konnte. Mit Hallo polterten die Fahrzeuge durch das Gebäude. Es war sehr lustig. Und die Gespenster gaben sich große Mühe.

»Noch einmal!« bettelten Luise und Brigitte, als sie wieder am Ausgang angekommen waren.

Da durften sie zum zweitenmal durch die Geisterbahn sausen.

Dann verabschiedete sich Herr Schnell. »Ich muß noch meinen Artikel schreiben!« sagte er. »Lest morgen den Kurier! Da werdet ihr staunen!«

Nachdem die Mädchen zum drittenmal durch das Gebäude gefahren waren, mußten sie zu Herrn Kalendertag kommen.

»Ihr wollt wohl gar nicht mehr aufhören, was?« fragte er.

»In der Geisterbahn ist's zu schön. Noch dazu, wo wir jetzt alle Gespenster persönlich kennen!« meinte Brigitte.
Mit einem geheimnisvollen Lächeln drückte Herr Kalendertag jedem der beiden Mädchen einen Zettel in die Hand.

»Was ist denn das?« erkundigte sich Luise.
»Ein lebenslänglicher Freifahrschein für die Geisterbahn!« erklärte der Direktor schmunzelnd. »Für euch – und eure ganze Klasse. Fräulein Stichling eingeschlossen. Na, ist das etwa nichts?«
»Hurra!« rief Luise.
»Es lebe Herr Kalendertag!« brüllte die dicke Brigitte.
Sie faßten sich an den Händen und tanzten um den Geisterbahnbesitzer herum.
Frau Siebenfritz sah es mit Staunen.
»Euch hat wohl alle beide der Affe gebissen!« sagte sie kopfschüttelnd.
Dann mußten sie nach Hause gehen. Es war schließlich schon spät.
»Grüßen Sie Munkelchen nochmals von uns!« rief Luise dem zurückbleibenden Direktor zu. »Und morgen kommen wir wieder!«
»Auf Wiedersehen!« antwortete Herr Kalendertag.
Noch lange stand er vor dem Kassenhäuschen. Er winkte mit seinem Zylinder.
Rundum war es bereits finster geworden.
Ein paar Lichter strahlten vom Auto-Scooter her durch die Bäume.
Irgendwo ertönte Lautsprechermusik.
Ein kühler Windhauch bewegte die Blätter und strich über das Gesicht des Geisterbahnbesitzers.
Da fiel ihm ein, daß er immer noch winkte, obwohl schon lange niemand mehr zu sehen war. Langsam drehte er sich um und ging in die Geisterbahn zurück.